STICHWORTE

Herstellung und Verlag:
BoD - Books on Demand, Norderstedt
ISBN 978-3-7412-4148-2

PHILOMENA FRANZ

Stichworte

mit einem Nachwort
von Sidonia Bauer

Sie sollen einmal von mir sagen können

dass ich den Sonnenaufgang liebe

und weigere mich Feinde zu haben

I

DIE WUNDERSAME NATUR UND IHRE KLEINEN VÖLKER

MEIN WIRKLICHES WESEN

Eine Schilderung soll dieser Versuch sein, dass sie jeder verstehe. Zu schreiben, wie ich denke und wie ich spreche.
Ich bin froh, dass ich mein wirkliches Wesen, wie ich geschaffen worden bin, meine Natürlichkeit, zurückerlangt habe. Dass die Nazis es nicht abschaffen konnten. Mich nicht brechen konnten.
Eine empfindliche Seele hatte ich. In der Schule schrieb ich kleine Verse und schrieb auch über die Küche meiner Mutter.

Es dauerte eine Zeit lang. Bis ich wieder zurück fand. Ich fürchtete, die Nazis hätten mich innerlich kaputt gemacht. Einiges in mir hatte sich verändert. Bis ich die Selbstständigkeit wieder zurückerlangte.

Ich traf meinen Mann. Einen von uns.

Die Sinti, sie wären eigentlich dieses Volk gewesen ... wo die Natur einen großen

Rahmen schafft ... einen Überbau für das Leben ...

... und das ihn an die Menschheit weitergegeben hätte ...

Aber man ließ sie nicht. Und sie wurden nicht geachtet.

Heute sind es tote Wiese und toter Wald. Maikäfer. Alles ausgestorben. Grüne Blätter. Nichts mehr auf ihnen zu finden.
Das sind die Vorstufen. Wir vernichten uns selbst.

Überall war doch lebendige Natur.

Ich wünsche dir, dass du durch die Kornfelder gehst und einen wunderschönen Strauß pflückst, der nach Korn duftet.

BEGINN

Ich bin die Letzte der Generation.
Ich will die Romantik retten.
Ich bezeichne die Bäume, die Blätter im Herbst, wie sie tanzen —
wie Kinder, im Ringelreihen.

Ich sehe das lebendig vor mir.

Ein Kind gleicht einer Pflanze. Erst kommt der Samen, dann die Blüte, dann die Frucht, der Apfel.

Und auch möchte ich sprechen davon, wie die Verachtung begann. Von den Gefühlen dieser Menschen.

Wenn ich das Bild hier[1] betrachte und sehe den Onkel, auf der Jagd, diese Hüte ... Er war

---

[1] Es handelt sich um ein Gemälde in Philomena Franz' Salon, das den Großvater, seine zwei Söhne sowie einen Cousin auf einer Jagd zeigt, zu welcher der König von Württemberg diese damals geladen hatte.

eine Erscheinung! Und sein Hund begleitete ihn immer.
Die Bilder alle ...

Ich weiß, dass wir damals flüchteten über die Seidenstraße nach Europa. Das erzählte mein Großvater. Und dass wir eine gehobene Familie in Indien waren, als die Engländer eindrangen — und sie verfolgten den Adel. Die Großväter des Großvaters waren große Fürsten, Maharadschas. Die Verfolgung geschah aus politischen Gründen, denn der Adel war aufgrund seines Widerstands nicht gut gelitten. Zwischen dem 18. und dem 19. Jahrhundert sind sie geflüchtet aus Ostindien, vom Fluss Punjab, dem Fünfstromland. Von Punjab verläuft die Seidenstraße nach Persien. Eines Nachts ließen sie alles stehen und liegen, hatten aber Geld und Gold, die Frauen trugen Sari aus Seide.
Sie kamen hierher im Sommer. Im Winter wurden sie krank wegen der Kälte. Das waren unsere Großväter.
Die Nazis haben alles weggenommen, die Nazis konnten uns nicht ab.
Sie wollten unsere Seele zerfetzen.

1933 besaßen viele Sinti ihre Häuser, auch wenn sie weiterhin reisten. Ab 1933 wurde uns alles vernichtet. Sie verboten unsere Wagen — der unsrige hatte über 5000 Reichsmark gekostet. Er war blau emailliert mit Sonnenblumen. Und eine weißblaue Küche. Wir nannten einen vierspännigen Wagen plus Futterwagen unser Eigen. Wir fuhren ausschließlich dorthin, wo die Männer ihr Engagement hatten, wo sie spielten und ich bisweilen tanzte. Die Gastwirte stellten große Gärten bereit und wir Kinder waren Gastschüler.

Von 1933 an durften Sinti, wie auch Roma und Jenischen, gar nicht mehr reisen. So wurde auch die Kultur der Märchenerzähler zerstört.

Der Erlass betraf uns zunächst nicht, da wir prominent waren. Aber die anderen.

DER ONKEL

Der Onkel mit dem langen Haar. Der Verwegene, Schöne, Geigenspieler. Ich lernte ihn durch Erzählungen kennen, auf Fotos, auf Bildern. In der Zeitung war sein Bild abgebildet, als der König Wilhelm von Württemberg nach den Haags suchen ließ: Für den Musikerwettstreit von 1906, zu dem auch die jiddischen Weintraubs geladen waren und auf dem das Orchester meines Großvaters mit meinem Onkel die „Goldene Rose" gewinnen sollte. Auch die Prinzessin von Portugal war zu Gast.
Die großen Künstler — meistens leben sie nicht lange. Der liebe Gott, so sagte mein Großvater, nimmt sie zu sich, weil er sie braucht im Himmel.
„Er spielt für den lieben Gott Geige."
Nach seiner Rückkehr aus dem Ersten Weltkrieg, in dem er als Soldat gedient hatte, starb der Onkel, wie seine Brüder (einer steckte sich von einer Schauspielerin an) an Tuberkulose.

Die Männer des Königs ließen nach den Haags suchen und fanden sie zufällig — sie trugen keine Instrumente bei sich. Da pfiffen die Getreuen in die Pfeife, ein bockbeiniger Opel kam, sie stiegen ein und wurden zu dem Wagen gebracht, wo sie die Instrumente holten und dann, schnell, wieder hinein! Sie kamen gerade rechtzeitig an.
„Hoheit, die Zigeuner sind da!"
„Ah!"
König Wilhelm war so glücklich. Und zur Prinzessin: „Sie sind da!"
Sie war so neugierig auf die Musiker. Sie spielten als Letzte für den König. Sie spielten die ganze Nacht über und die Prinzession saß da, begeistert von der Musik. Großvater spielte sie alle weg. Klassische Musik für Cello. Die Weintraubs verbeugten sich vor ihm: „Sie sind eine Bombe!"

Sie haben die ganze Nacht gespielt und Champagner getrunken. Der Onkel war so hübsch. Tanzmusik: Die Prinzessin wiegt sich in seinen Armen. Sie ist total fertig.
Als der Großvater dies sah, fiel er beinahe in Ohnmacht.

„Bändel nicht mit der Prinzessin an, lass sein ... !"

Und der Onkel: „Wenn sie mich interessieren würde, hätte sie es schon gemerkt! Aber ich bin kein ehrloser Mensch!"

Mein Onkel hatte kein Interesse. Aber sie war gewalttätig, sie wollte es wissen!

Der Onkel: „Ich kann doch nichts dafür!"

Und Großvater: „Wir gehen jetzt, bevor Schlimmeres passiert."

Sie ließ sich gar nicht mehr halten. Sie: Hinterher in ihrer zweispännigen Kutsche aus dem Königshaus.

Großvater entschloss sich anzuhalten. Er sprach mit ihr, sprach ihr in die Seele hinein. Und sie weinte Rotz und Wasser. Der Onkel hatte nur mit ihr getanzt und ein bisschen geflirtet, er hatte nichts mit ihr gehabt. Endlich brachte der Großvater sie so weit: „Wenn Sie mir die Ehre geben, geleite ich sie mit einer Kutsche zurück zu den Ihren."

LANDSCHAFT

Ich sehe es gegenwärtig vor mir: Die Landschaft war noch urtümlich, die Felder nicht so geleckt.
Wir Kinder legten uns in die Wiese und träumten. Wir fanden Kräuter, die schmeckten süß. Wir kauten die süßen Stengel. Alle hatten wir gute Zähne. Das macht schon viel aus – wir aßen gelbe Blumen, die anderen Kinder aßen Süßes.
Wir brauchten nicht viel. Drei Jahreszeiten fuhren wir hinaus, außer im Winter. Im Frühling und Herbst waren wir während der Ferien mindestens vierzehn Tage, drei Wochen lang draußen. Der Mai, der Juni: Das große Blühen. Die Apfelbäume mit mannigfaltigen Blüten. Und elementar wussten wir: Die Apfelblüte ist weiblich, weil sie wunderbar ist. Wenn die Männer eine hübsche Frau sahen, sagten sie: Sie blüht wie eine Apfelblüte.

Die Gefühle kommen erst wieder, wenn du dich erinnerst an deine Jugend, aber du musst etwas vor dir sehen, von selbst kommt nichts ...

DIE BARFÜßIGE GRÄFIN

Es war immer eine helle Freude, wenn wir die Natur aufwachen sahen nach dem Schnee. Die Osterferien gehörten der Familie. Wir packten unsere Wagen, spannten die Pferde ein und fuhren los. Die anderen Sinti sagten: „Das sind die feinen Ecksteinleute!"
Und zu mir: „Du bist immer so fein angezogen!"
Jähzornig entgegnete ich: „Wascht euch erst einmal richtig die Hände und die Füße, alles was an eurem Körper ist ... !"
Da entbrannte immer der größte Streit.
Meine Mutter sagte: „Leg dich nicht mit den anderen Kindern an."
Andere Sinti tauchten auf, ihre Tochter so alt wie ich und sie schob eine *Chaise*, eine Art Handwagen für die Kinder. Arme Sinti, solche, die sich keine Pferde leisten konnten, besaßen diese. Und sie fragten: „Können wir hier auch lagern?"
Mein Großvater entgegnete: „Weshalb fragt Ihr mich, ich bin doch kein Aristokrat! Ihr könnt Euer Feuer dort machen, wo ihr wollt,

nur nicht gerade hier vor meiner Tür – vor meinem Wagen!"

Von den Reisen nach Frankreich brachten wir die französische Mode der dreißiger Jahre mit, denn wir kauften sie dort direkt ein. So trug ich, als ich fünfzehn, sechzehn Jahre alt war, die Mode aus Frankreich. Vater hielt sie für die beste.
Von zuhause aus liefen wir alle barfuß. Und wir Mädchen lackierten uns die Nägel. Ich zog ein elegantes französisches Kostüm an. Ich war sehr schlank. Der Schnitt war tailliert und die Jacke, eng anliegend, lief über die Hüften. Und dazu ein enger Rock mit Schlitz hinten, knöchellang. Ich trug das Kostüm, wenn ich in die Stadt ging – dann meist auch Schuhe oder Sandaletten mit Riemen.
In einem unserer Häuser wohnten wir nahe am Rosensteinpark, er reichte von Bad Kantstadt bis nach Stuttgart. Liefst du durch ihn hindurch, brauchtest du nicht mit der Straßenbahn zu fahren. Mein Vater spielte Bratsche in Stuttgart, ich holte ihn immer ab. Ich lief durch den Park und als ich die Treppe

in den Theaterkeller hinunter kam, war ich barfüßig.
Unten stand ein Musiker und rief: „Jean, du kriegt Besuch! Da kommt die barfüßige Gräfin!"
Der Name blieb: „Barfüßige Gräfin". Ich wollte bestimmt keine Gräfin sein! Denn in den Märchenbüchern wurde der Adel durch die Mühle gedreht ... Und die Armen mussten für ihn arbeiten und seine Töchter und Söhne durften nicht mit außenstehenden Kindern spielen. Aber komisch: Das Leben war wie ein Märchen zu dieser Zeit. Es hat geheißen: „Wir müssen für den König spielen!" Denn mein Großvater, seine Söhne und mein Vater, der sein Schwiegersohn war, waren königliche Hofmusikanten am Hofe König Wilhelms von Württemberg.

LEHRGANG

Wenn wir draußen waren – Pfingsten oder Ostern – es war herrliches Wetter, heller Sonnenschein, durften wir erleben, wie die Natur aufwachte. Wir Kinder: „Mutter, eine Blume ist aufgewacht, auferstanden!" Und Mutter: „Sie sind Gottes Schöpfung und sie kommen immer wieder, wenn wir sie sehen und Gott danken, dass er uns so etwas Wunderbares geschenkt hat. Und die Natur müssen wir schützen." Auch im Herbst: Die großen roten Äpfel leuchteten in den Bäumen. Mutter sagte: „Du reißt nichts ab, es liegt ja alles unten."

Es ist lange her, o, ich schreibe ... Es ist Vergangenheit ...

Es ist ein Geschenk, es ist eine wunderbare Sache ...
Die Blumen waren nicht wie im Garten, stilisiert. Wir fanden sie im Feld, in den Wiesen, daher kamen sie so heraus, wie sie

wollten: Wie ein Mosaik, so bunt, so schön, so lebendig.
In einer Wiese: Für uns war die Wiese etwas Lebendiges. Wenn draußen alles herrliche Ruhe war und man lief durch die Wiese, ließen wir Kinder uns fallen und hörten, dass die Wiese lebendig ist. Geräusche, weil immer wieder eine andere Pflanze nachwuchs und das gab Geräusche. Der Wind kam. Und die Pflanze, die feste stand, und die anders gewachsene, schlugen zusammen und der Wind traf sie mit seiner Kraft.

Wir besaßen keine Spielsachen: Mal einen Ball, aber keine Puppen und andere künstliche Sachen: „Weil wir jetzt hinausfahren und draußen findet ihr viel, womit ihr euch beschäftigen könnt, was wertvoller ist als Puppen!" Sie waren für uns nicht interessant. Sie konnten sich nicht mit mir unterhalten. Ich war immer mit meinesgleichen und wir spielten zusammen, am liebsten am Wasser. Meiner Schwester und mir kaufte Vater Miniatur-Aluminiumtöpfe, Kessel, Suppentöpfe, Geschirr, bastelte uns einen kleinen Ofen. Darin entzündeten wir Feuer. Wir schöpften Wasser mit kleinen Löffelchen, kochten Blätter und Gras.

Mutter, sie nahm einfach den Korb und ging durch die Wiese. Da gab es Schnittlauch, wilden Knoblauch. Die Kräuter sammelte sie im Korb. Es wuchsen auch wilde Zwiebeln und reifer Mohn, seine Kelchblätter wie Tulpen und seine Kapseln mit Samen. Gut schmeckte er, sein Saft wie Milch, wie Sahne. Als ob man eine milchige Haselnuss äße, so ein Geschmack. Er machte schläfrig. Es gab sogar wilden Spinat in der Wiese: Sogar Mangold wuchs in ihr und eine Art Porree. Wenn wir mit Mutter mitgingen, zeigte sie uns alles. Es war ihr Lehrgang. Sie erklärte, was man essen konnte und was nicht, wovon man Bauchschmerzen bekam und woran man sogar sterben konnte. Alles kam aus der Wiese. Wunderbare Schöpfung! Alles war da. Alles war gegeben. Wir brauchten nichts zu kaufen. Nicht nur wir Sinti, auch die Bauern gingen in die Wiesen. Das Beste war der wilde Knoblauch, die kleinen Knorpel, dort, wo er sich gerade entfaltete. Mutter gab mir ein kleines Messer: „So, das schälst du jetzt ganz fein!" Meine Schwester ebenfalls. Auch sie gab die Knollen in eine große Tasse. Mutter hackte ihn, vermischte ihn mit Pfeffer und Salz. Sie rieb mit der Marinade aus wildem Knoblauch die Hühner ein oder fettes Bauchfleisch. Auch wuchs viel Sauerampfer und noch viele andere Feldkräuter. Wilder Knoblauch wurde durch den Fleischwolf gedreht. Daraus machte meine Mutter Pesto. Es gab schon gutes Essen draußen und ich bin nie krank geworden.

Die Kirschenzeit im Juni: Herzkirschen. Wenn sie reif waren, zogen wir große Äste zur Erde und holten die Kirschen herunter: Mit überkreuzten Händen bauten die Schwestern eine Leiter, und ich stieg auf sie. Ich fasste einen Ast, um ihn festzuhalten. Die Schwestern schlugen auf ihn, bis die Kirschen zu Boden fielen. Und alles war saftig und weich.

Die schönste Zeit waren die Herbsttage im Oktober. Die Ernte im Herbst war noch ergiebiger, weil dann die Früchte alle reif waren. Da gab es viel Obst: Äpfel, Tafelbirnen, lieblich. Gerade wenn das Obst fiel, summten Bienen und Hummeln in den Süßigkeiten. Sie schlüpften in die Löcher der reifen Früchte. In diesen Öffnungen saßen sie und schafften sich Platz mit ihren spielerischen Füßen. Sie fielen uns auf, wie sie mit ihren kleinen Füßen krabbelten. Ebenso staunten wir, wie die kleinen Tiere sich ein Loch im Baum bauen konnten: Wie kommt die Biene dort hinein?

Hinter unserem Wagen bewahrten wir eine große Zinnwanne. Mutter wusch uns, bevor wir zu Bett gingen, ab: Füße, Gesicht und Körper. Einmal füllten wir die Wanne mit Flusswasser. Unten am Fluss gab es eine Ecke mit Fröschen. Mit einem Sieb fingen wir die kleinen Frösche und ließen sie in der Wanne schwimmen. Wir fütterten sie auch mit großen Bremsen, die angeflogen kamen und die wir schnappten. Die Frösche haben sie aufgefressen.

Wir haben unsere Zeit. Großvater spielt eine Serenade von Tosselli. Mein Vater hat die Bratsche genommen und mein Onkel, der Geiger, ist dazugekommen. Sie machen die schönste Musik, da oben, am Waldesrand.

Sommerfrischler hören zu und klatschen. Mein Großvater ist überall in der Presse bekannt.

Daher haben wir keine Schwierigkeiten, dürfen überall stehen.
Für uns kam die bittere Zeit erst im Dritten Reich, damals regierte Hindenburg noch.

In jener Zeit hatten höchstens noch die Zirkusleute ihre Wagen und sind rausgefahren. Ab 1933 durftest du auf keinem Platz mehr stehen und wenn du mit dem Wohnwagen an eine freie Stelle herangefahren bist, kam schon sofort die Polizei. Du hast keinen Stellplatz bekommen. Die Kultur der Sinti wurde vernichtet. Und jetzt – wir schreiben das Jahr 2016 – machen *sie*[2] es selbst! Wir waren doch die ersten, die reisten und wir haben die Natur aufgesucht. Sie haben uns „Zigeuner" nachgemacht.

---

[2] Unter „sie" sind in diesem Zusammenhang die „Gadjé", also Nicht-Sinti, Sesshafte, zu verstehen.

CELLO AUF DER WIESE

Wir frühstückten schön unter dem Apfelbaum und dann sang mein Großvater Koloratur. Mutter sagte: „Weißt du was? Du kannst alles, aber singen kannst du nicht!"
Daraufhin nahm er sein Cello und spielte Cello draußen auf der Wiese. Auf einmal kamen die Bauerskinder, nur mit Hose bekleidet, und hörten zu. Das war so fantastisch, ich sehe es noch heute vor mir.
Gerade dort, wo wir standen, wo mein Vater angelte, gingen die Wiesen so unendlich weit. Aber es war nicht nur Wiese: Es war etwas Lebendiges. Dieser beruhigende wunderbare Anblick. Man fühlte sich wie im Paradies. Die Wiese leuchtete wie bunte Edelsteine, wie ein großes Mosaik. Nur war es lebendig und bewegte sich nach dem Wind.

Gehen wir noch ein bissl in die Natur hinein, das tut mir so gut ...

VEILCHEN

Früh morgens oder nachmittags liefen wir durch die Felder. Dort wuchsen Veilchen gerne, geschützt vorm Wind. Die ganz kleinen Veilchen waren die feinsten und zartesten. Ich pflückte Sträuße und wusch sie im Bach. Mama gab sie zwischen den Ackerblattsalat. Sie hatten viel Kraft. Wir aßen feine Salate.
Ich pflückte meinem Großvater einen dicken Strauß: „Die musst du essen!"
„Ich esse lieber das andere", entgegnete er, „das Fleisch!"
Aber er band sich Veilchensträuße an den Hut oder später eine Rose.
Ich warf ein: „Rosen tragen doch Frauen!"
„Aber was tragen denn die Männer?"
„Ich weiß es nicht..." –
„Ich trage was mir gefällt ... !"
Mein Großvater war so beliebt bei den Menschen.

Ich dachte nie im Leben, dass sich die Menschen so verändern könnten ...

DIE WUNDERSAME NATUR

Und wenn die Raupen auf dich Pipi gemacht haben, dann hast du Ausschlag bekommen.

Großvater sagte: „Guck die kleinen Ameisen, wie fleißig sie sind. Taucht die Hand hinein in den Ameisenhaufen, das ist wie Essig und ist gut gegen Rheuma."
Wir trugen lange Zöpfe, die wir in den Ameisenhaufen tauchten. Von den Haaren sind die Ameisen bis in unsere Ärmel gelaufen. Meine Mutter zog sich Großvaters Hose an, band sie oben und unten zu. Dann stellte sie sich hinein. Es tat ihr gut, es war Ameisenessig.

Wenn man in der Wiese saß, war es ein Konzert: Hummeln, Bienen. Alles summte. Die schönen Marienkäfer mit den Tupfen auf ihrem Panzer. Und dann sahst du große Frösche. Die hüpften im Gras.

Und wir konnten schwimmen wie die Frösche. Wir seiften uns ein und sind ins Wasser getaucht, noch voll von Schaum. Und waren sauber dann. Getsela, unsere kleine Meerkatze, kam mit uns ins Wasser. Sie schwamm gut. Und wenn wir dann nach Hause zurückkehrten, saß Getsela auf Lili, unserem Pferd. Tiere sind sehr empfindsam. Wir gaben uns täglich mit ihnen ab.

Und dann sahst du auch überall die Bauern auf den Feldern. Ochsen und Pferde, eingespannt oder eingezäunt.

Wir jagten Heuschrecken mit bizarren Köpfen und riesigen Augen. Wir nahmen sie in die Hand und spielten vorsichtig mit ihnen Puppentheater, Luise, meine zwei Jahre ältere Schwester und ich.
„Ich bin die Frau und du der Mann."
„Guten Morgen, lieber Mann! Was willst du denn zum Frühstück?"
„Spiegeleier ..."

VÖLKER IM VERBORGENEN

Früher sahen wir immer Hirschkäfer mit großem Geweih.
Wenn sie sich paarten, aufeinander drauf waren, haben wir sie auseinander gerissen.
Haben sie am Po gekitzelt mit einem ganz kleinen, leichten Strohhalm.
Und sie sind losgeflogen.
Wir haben sie nicht gepiesackt, o nein ...
Und dann diese großen, schönen, bunten Raupen. Wir haben uns mit den Raupen befasst. Da gab es welche, die giftig waren, die brannten. Diese mieden wir.

Da gibt es doch auch kleine Völker, die da leben, im Verborgenen.

Ein Kornfeld, das war so lebendig drin. Gar nicht still. Auch kleine Völker haben darin gelebt, die fliegen konnten: Maikäfer, Marienkäfer.

Das Korn ist nicht so hoch. Der Hafer, die Gerste. Gerade kann ich darüber schauen. Da liefen wir durch das Feld, spielten verstecken. Wir liefen so lang, bis wir am anderen Ende herauskamen. Es duftete wunderbar. Es duftete nicht widernatürlich. Man sog die Natur ein. Das Feld wogte, wenn der Wind kam, man darüber schaute. Es war so weich wie Samt und glänzte weiß. Ich bin so faul. Es beruhigt, es ist Manna für Nervenkranke.

Wir legten uns manchmal in das Kornfeld hinein, dann hörte man die Ähren voll und schwer aneinander geraten. Es war wie Musik. Es war doch so viel Lebendigkeit.
Wenn die Gewitter kamen, erst Sturm, dann Blitz, rannten wir in den Wagen.

Wenn du dich in die hohen Gräser legst und es kommt ein Gewitter auf, hörst du die Halme rauschen, dann ist es wie Musik. Und auch ist es wie Sprache, wenn der Wind das Gras berührt.

Im hohen Gras sah man winzige Käfer, bunte Raupen, Vogelnester. Kleine Schnäbelchen. Die Augen hatten die Vogelküken noch geschlossen. Manchmal nahmen wir Grashalme und kitzelten sie am gelben

Schnabel. Sie sperrten ihn auf. Wir nahmen Ranken und klopften an ihre Schnäbel. Sie dachten, sie werden gefüttert. Und sie rissen sie auf.

„Lasst bloß die Vögelchen da, bis die Mutter zurückkommt und sie füttert!", klärte Großvater uns auf.

Und wir sahen zu. Sie haben gequietscht, gefressen, die Eltern sind wieder los.

Wenn die Vögelchen dann wieder schliefen im Nest, setzte die Mutter sich auf sie. Zehn Zentimeter daneben ließ sich der Vater nieder.

„Er hat eine Verantwortung erkannt, er beschützt die Vögelchen."

Der Großvater liebte die Natur.

Es gab so viele Lebendigkeiten. Gott schuf dies alles. *Und auch das kleinste Tierchen, das der Mensch vergessen hat, hat seine Aufgabe.*

DIESE ZEIT IST UNWIEDERBRINGLICH

Ich war gelehrige Schülerin meines Großvaters. Er gab mir hundertfünfzig Kosenamen. „Hexe!" Manchmal rief er mich: „Komm, Hexe komm, gehen wir ein bissl spazieren!" Und ich in Tanzbewegungen wie im Ballet ihm vorneweg. Kamen wir ans Wasser, so sagte er: „Komm her! Ich zeige dir etwas." Ich schaute ins Wasser. „Was siehst du da im Wasser?", fragte er mich. – „Ich sehe nichts." – „Du bist doch nicht blind: Das Wasser lebt. Es ist unser Elixier. Ohne Wasser können wir nicht leben."

Er unterhielt sich mit mir: „Siehst du die kleinen Mücken? Da, guck wie sie rennen auf dem Wasser. Sie bauen ihre Nester und bringen ihre Kinder zur Welt. Und alles hat sein Plätzchen und alles, alles was du hier siehst, ist Gottes Schöpfung, auch das kleinste Lebewesen."

Er trug immer einen großen breitkrempigen schwarzen Hut und nahm einen Gehstock mit sich, denn er hatte eine Verletzung am Bein,

vom ersten Weltkrieg, als er Soldat gewesen war. Sein inneres Empfinden war so stark, dass es einfach aus ihm heraus sprudelte. Sei es eine Spinne, die tanzte im Netz, „so leicht wie eine Balletttänzerin", – „Ja gibt es denn so was bei denen?" – „Na ja, bei denen gibt es auch Balletttänzer ..."
Er wollte schon mal seine Ruhe haben. Und dann bin ich immer mitten rein ...
Er hat Cello gespielt, ach, wunderbar ... Und abends machten sie immer Musik. Bei einem Glas Wein –oder beim Bauern der Most – er schmeckte süßlich, aber war gefährlich ...
Man kann es einfach nicht beschreiben: Dieses unsagbare freie Gefühl, draußen zu sein und ohne Zwang ...

Auch gab es Bauern, die Naturmenschen waren. Sie teilten dieses Gefühl ... Diese Menschen können noch so viel geben von ihrer Weisheit. Aber sie sterben und nehmen es ungesagt mit sich mit ...
Auch gibt es Bauern, die hängen tief in der Natur drin. Nur haben sie keine Zeit darüber nachzudenken.
Ich habe die Welt schon immer anders gesehen.

Wir legten uns in die Wiese. Es gab Halme, die man abbrechen konnte, die am Wegesrand wachsende Wegwarte, gelbe Blumen, wir nannten sie Butterblumen, heute siehst du sie nicht mehr, kurze Sträucher mit Rohrstengeln – nach gewisser Zeit konnte man eine Flöte draus schnitzen.

Alle vierzehn Tage die Bauern mit ihren Ständen am Neckar. Und einmal im Jahr, im Herbst, eine Kirmes. In den Lokalen machten unsere Männer für sie Musik.

Sie kochten und feierten und priesen ihre Sachen an. Sie verkauften gut: Kartoffeln und selbst gebackenes Brot. Die ältere Generation. Wir hatten keine Probleme mit ihnen: Man unterhielt sich. Bauer und Bäuerin saßen bei uns abends beim Wein und wir sangen von den Wiesen. „Durch die grünen Wälder, durch die bunten Felder, will ich immer wandern ..."

Diese Zeit ist unwiederbringlich ...

BARFUß

Mein Leben lang bin ich barfuß gelaufen. Und ich liebe es. Die Fußsohlen wurden stabil. Wenn sich meine Füße bewegen konnten, wie sie wollten, wenn sie nicht eingesperrt waren in Sandalen oder Schuhe, fühlte ich mich wohl. Deshalb bekam ich auch keine knöcheligen Füße.

Es herrschte ein anderes Klima als heute. Im März konnten wir in einfacher Bluse, ohne Jacke, ins Freie. Du zogst die Schuhe aus und liefst hinaus. Noch gab es keine Gifte und die Natur war intakt.

Ich liebte den Kontakt mit der Erde. Du spürtest den Boden. Auf ihm warst du sicher. Er war angewärmt wie ein kleiner Ofen, der von unten her heizte.

Im Sommer zog ich den Strohhut auf und nahm eine Milchkanne, um zum Bauern zu gehen – am liebsten kleidete ich mich in bunte seidene Sommerkleider. Wir hatten unweit des Hofes Station gemacht. Wie soll ich es beschreiben, das Gefühl, eine sommerliche Frau zu sein; ein schönes Seidenkleid zu

tragen, locker, mit einem großen Strohhut, einem Florentiner mit großen Blumen obendrauf gesteckt! Und dann meine große Kanne – in der Hand – und keine Schuhe zu tragen! Das Gefühl, mit der Wärme, die mich umfasste, zu verschmelzen. Sie zog durch meinen Körper wie ein Sonnenstrahl. Wärme und Hitze durchfluteten ihn. Und dieses Gefühl ging vom Boden aus.
Ich fühlte mich wohl, war ausgeglichen und spürte Frieden in mir.

FORELLEN

Wenn wir draußen waren, hielten wir mit unseren Wagen oft an kleinen Bächen oder an Forellenflüssen, die noch ursprünglich waren. Früh morgens standen die Männer auf und wateten barfuß ins Wasser hinein, um mit ihrem Angelsport zu beginnen. Mein Vater krempelte seine Hose hoch und setzte einen Strohhut auf. Das Quellwasser war kalt und er wurde von den Mücken gebissen. Mit zwei Händen fassten die Männer unter die Steine, wo die Forellen standen und kitzelten sie am Bauch. Dann warfen sie sie aus dem Wasser hinaus. Die Forellen tanzten noch im Gras.
Nicht übermäßig oft fingen sie Forellen. Einmal in der Woche oder alle vierzehn Tage für jeden eine. Nicht, dass wir alles ausgefischt hätten. Wir nahmen Rücksicht: Fischte man die Fische alle aus, gäbe es keinen Nachwuchs mehr! Darauf legten wir viel Wert. Nicht, dass diese Gattung durch Unvorsichtigkeit oder Gedankenlosigkeit aussürbe! Wir achteten auf verschiedene Dinge, an die viele andere Menschen nicht dachten.

Wenn ich heute noch Fisch zubereite und er ist ganz frisch, seine Schuppen glänzen, dann reiße ich – ratsch – unten die Schwanzflosse mit dem Messer los, die Schuppen lösen sich besser, du hörst das Krachen und du kannst sie nach dem Riss leicht abschuppen – den Barsch und alle Fische, die draußen noch schwimmen.

Wir hatten eine Einteilung in Bezug auf das Essen: Freitags aßen wir Sinti kein Fleisch, sondern Fisch. Und wenn wir draußen waren, suchte mein Vater immer schöne kleine Gewässer, in denen er angeln konnte. Er machte die Forellen schon draußen fertig und ich schaute ihm zu. Mit dem Messer entschuppte er die Fische. Ich war wohl fünf Jahre alt, trug ein kleines Hemd.

„Hast du sie tot gemacht?"

„Sie war schon lange tot, bevor ich sie schuppte."

Eingeweide, Gedärme, was man nicht essen konnte, holte er heraus und legte die Forelle dann wieder in den Eimer hinein, damit sie ausblutete. Meine Mutter schlief noch selig. Ich genoss es.

Mein Vater bereitete die Forellen auf einem Kohletopf zu, der an der Seite Löcher und oben eine Platte hatte. Er war wie ein kleiner Ofen. Wegen des Bauern und wegen der Natur wollten wir kein großes Feuer entfachen. Vater setzte sich hin und schälte Kartoffeln. Mutter sollte sich auch einmal ausruhen! Was sie täglich leistete! Wir waren sechs Geschwister. Auf einem Campingkocher mit Gasflasche kochte Vater neben den Kartoffeln auch Fischsuppe. Er tat es mit so viel Liebe und Frieden. Er genoss die Natur und die Ruhe in ihr. Er war als Künstler ein sehr gefühlvoller Mensch.

Er sagte zu einer der Schwestern, gib den großen Teller raus! Und er legte die Forellen in Scheiben übereinander. Wir reihten die Fische auf die Platte über dem kleinen Feuer. Er bereitete sie mit Knoblauch und Öl zu, ließ es über die Fische träufeln, während sie brieten. Und der Duft! Du sogst nicht nur den Duft der Fische, sondern auch den der Gewürze ein. Vater servierte auf einer schweren Porzellanplatte. Draußen war er der Koch – nur für Fisch – man merkte, dass er Franzose war! Meine Mutter hatte als Schwäbin eine

ganz andere Küche. Sie waren Naturmenschen und, immer elegant, gingen sie auch mit der Mode.
Vor allem aber war mein Großvater Naturmensch, der Vater meiner Mutter: Elementar wusste er mehr als jeder andere über die Natur und er nahm mich an die Hand und erklärte, weil ich die Kleinste war. Das vergisst man nicht. Ich war klein und fipsig und bewunderte an ihm, dass er über die winzige Tierwelt, die wir gar nicht beachteten, zum Beispiel eine Ameise oder eine Spinne, das Essenzielle zu berichten vermochte.
Wir frühstückten draußen, es duftete, ein Klapptisch, eine ausgebreitete Tischdecke: „So!", schnalzte Vater Luise zu, der ältesten Schwester und dann weckte er meine Mutter. Und sie sah es.

Es war eine sehr romantische Liebe zwischen meiner Mutter und meinem Vater. Und meine Mutter konnte auch so schön singen.

Komisch, es wiederholt sich alles, ich erinnere mich, ich weiß, dass es eine Wiederholung ist – gerade die Kleinigkeiten – Sehe ich einen Fisch hüpfen,

kriege ich schon die Gedanken, wie als Kind ...
Das ist nie kaputt gegangen.

Das bleibt mir ...

Mutter setzte sich an den Tisch mit uns sechs Geschwistern.
Ich putzte immer schön den Ofen mit einem kleinen Lappen und sie amüsierte sich über mich.

SCHNECKEN

Auch Schnecken aßen wir: Mein Vater war Franzose und die Franzosen essen gerne Weinbergschnecken, groß und kräftig. Im Elsass oder wenn wir durch die Provence fuhren, hielten wir auf einem *terrain vague* — seitlich des Weges oder neben einem der Weinberge, wenn mein Vater seine Freunde besuchte. Zwischen Straße und Wald häufig, in einer Ecke, einer Ausbuchtung, von wo aus man aufs freie Feld sehen konnte, oft ein Bach mit Forellen zu einer Seite. Man trank einen Kaffee, frühstückte. Vater ging dann Schnecken suchen. Er nahm einen sauberen Eimer mit, den er eigens für die Schnecken besaß. Er füllte den ganzen Eimer mit Schnecken, goss dann Wasser hinein und gab Salz dazu. Dann tat er einen Deckel drauf, den er mit einem Stein beschwerte. Über Nacht entschleimten die Schnecken und wegen des Salzes überlebten sie die Nacht nicht. Am nächsten Morgen holte er sie heraus und säuberte sie noch einmal am Wasser. Er schnitt das hintere Ende der Schnecken weg und bereitete sie erstklassig zu. Als Kind konnte ich keine Schnecken essen, erst später, als ich älter war: Gebraten in der Pfanne mit Butter, Knoblauch reingeschnitten, hin und her geschmissen, rausgeholt, aufs Tablett gelegt, mit Petersilie bestreut, serviert mit gesottenen kleinen Kartoffeln in Butter geschwenkt und einen herrlichen Salat dazu ...

Mein armer Vater, wie mag er bloß umgekommen sein

II

FÜR DIE

VERLORENEN SEELEN

GETSELA

Ich möchte Dir noch eine schöne Geschichte erzählen, von Getsela, unserer Meerkatze. Ich möchte wieder einmal zurückgehen in der Zeit. In die Kindheit, vor Auschwitz.
Wieder war es Pfingsten und wir standen draußen mit den Wagen. Die Eltern wollten zusammen wegfahren – zu einem Pferderennen vielleicht, mit Lili, unserem Rennpferd – und uns Kinder alleine lassen. Da weinte ich.
„Komm mal her, Zwerg Nase!" sagte der Vater und nahm mich in den Arm. „Wir sind doch heute Abend wieder hier. Und weißt Du was? Ich werde Dir ein kleines Tier kaufen!"
Da war ich schon ruhig.
Sie fuhren nach Düsseldorf zum Rennen und als Vater zurückkam, trug er bloß eine Tasche unter dem Arm. Schon sah ich ihn ärgerlich an, weil ich nichts sah. Da öffnete er sie und eine kleine Meerkatze mit grauem Bauch und Haar stieg aus ihr hinaus und kam als erstes auf mich zu. Sie suchte meine Wärme. Also ließ ich sie abends bei mir im Bett schlafen. Sie

schlief wie ein Mensch: Streckte die Hand aus und legte sie unter den Kopf.

Eines Tages spielten die Männer im Schwäbischen für den Förster. Wir brachten unsere Pferde im Stall unter und ließen unsere Getsela frei herumlaufen. Die Ortschaft war ein Ausflugsort mit großer Linde vorm Wirtshaus „Zur Linde". Die Wirtsleute lüfteten, die Fenster standen offen. Wir stationierten mit unseren Wagen im Schatten neben der Linde. Wenn die Wirtsfrau ein paar Mark erhielt, dann war's schon gut. Wir durften uns auch schon mal in ihrem Bad waschen.

Hitze regierte. Meine Mutter klappte ihren kleinen Tisch aus und bereitete sich darauf vor, Kartoffelsalat mit Klöpsen zuzubereiten.

Getsela klettert den Baum hoch. Und da ist die Wirtsfrau, ihr Schlafzimmerfenster steht offen. Es war wie im Film, was Getsela anstellte. Die Wirtsleute in der Gegend hatten Paradekissen mit Spitzen, weiße Betten. Und oben die Kleiderschränke dieser Wirtsleute „Zur Linde" waren vollgepflastert mit Marmelade und Eingemachtem. Getsela tat einen Sprung und schon war sie im Schlafzimmer der Wirtin.

Und da sie, wie alle Meerkatzen, von Hause aus neugierig war, hatte sie nichts Besseres zu tun als das Eingemachte herauszuholen. Weißt Du, sie warf die Gläser vom Kleiderschrank, so dass die Früchte hinausfielen! Sie schlug sich den Bauch voll, bis sie zufrieden und satt war! Ihr Bauch war prall von Marmelade. Sie hatte graues Haar, aber ihr Bauch war nun blau –voll von Marmelade! Schmutzig, wie sie war, hüpfte sie nun auf den Betten herum. Warf die Kissen durcheinander. Die Tatzenabdrücke auf den schönen Paradekissen! Die Wirtsfrau fiel beinahe in Ohnmacht. Sie lief ans Fenster und schrie: „Zu Hilfe! Zu Hilfe!"
Sie war so dick und fettleibig, es war wie im Bauerntheater.
Wir aber haben darunter gesessen, unter dem Lindenbaum. Ja, wer wusste denn ... ?
Da war ein Ast und unter dem Ast das Fenster und Getsela hat sich bloß fallen lassen ... !
Nicht ein Glas verschonte sie. Die ganze Marmelade unten!
Hätte noch gefehlt, dass sie alles zum Fenster hinausschmeißt!

Das war im Jahr 1933 und Hitler war schon an der Macht.

Ich schälte mit meiner Mutter Kartoffeln. Auf einmal hörten wir die Wirtin: „Hilfe!", „Hilfe!" – wie im Schwenk – hoffentlich bekam sie keinen Herzschlag! Sie war dick und mit einer Zwiebel auf dem Kopf. Hast Du schon einmal so ein Bauerntheater gesehen? Und dann noch das Geschrei und so dick war sie ... : „Werner!" (oder: „Helmut!") – schrie sie nach ihrem Mann.

Die Wirtsfrau hat es erzählt: Sie kam herein ins Schlafzimmer und Getsela fauchte sie an. Der „Affe" erschrak sich ebenso wie die Wirtin. Und dann rannte die Frau ans Fenster und schrie: „Zu Hilfe!", „Zu Hilfe!", bevor sie sich wieder dem Zimmer zuwandte.

Und Mutter: „Die Frau ist bestimmt umgefallen! Sie braucht einen Arzt!"

Die Leute kamen aus der Wirtschaft gelaufen und schauten hoch, aber sie sahen keinen Affen. Unsere Meerkatze war schon verschwunden. Nun wusste niemand: „Hat die Frau Affe gesagt?"

Und die Leute dachten, sie wäre nicht mehr ganz bei Verstand. Getsela bewegte sich geschmeidig wie eine Katze, sie fiel überhaupt nicht auf. Das war ein Drama! Und die Bauern! Ich war bleich. Und meine Mutter: „Siehst aus wie's Kätzle am Bauch!"
Ich zitterte, dachte die Wirtsfrau wäre tot, und hielt mich fest an meiner Mutter. Sie tröstete: „Ist doch nicht so schlimm!"

Die Frau kam heraus, japste: „Ich bin überfallen worden!"
Sie war total erledigt. Alles an ihr zitterte. Die Wangen schlotterten und die Worte brachte sie nur stotterweise über die Lippen.

Meine Jugendzeit war die schönste Zeit.

Getsela suchte das Weite, sie wusste schon, was sie angestellt hatte. Und wir sind dann anderntags ohnehin in aller Frühe weitergefahren, denn es herrschte eine unerträgliche Hitze und wir wollten uns am Waldrand oder am Feldrand an einem Bach ein angenehmes Plätzchen suchen. Wir fanden einen Ort, an dem alles wuchs: Hafer, Weizen,

Kartoffeln. Und da war auch eine kleine Quelle. Dort warteten wir auf Getsela. Und ich, ich weinte mir die Augen aus: „Getsela weiß ja, was sie angestellt hat. Ob sie sich jemals wieder zu uns zurück trauen wird? Sie muss doch Hunger haben. Wo ist das Tier geblieben? Sie traut sich nicht mehr hierher."
Wir saßen traurig beisammen, denn wir dachten, Getsela käme nie wieder.
Auf einmal packte mein Großvater mich an den Schultern: „Schau mal geradeaus. Über das hohe Kornfeld. Lass unauffällig deinen Blick darüber gleiten! Erzähl mal, was Du siehst!"
Mutter und Vater hatten sie schon längst entdeckt. Und da rief ich: „Da ist die Getsela! Sie hat ihren Körper im Kornfeld versteckt und nur ihr Kopf schaut heraus!"
Ich rief sie in unserer Sprache, dem Romanes: „Getsela, komm wieder!"
Aber sie hatte zu großen Respekt vor meiner Mutter. Dann kam sie aber doch, immer ein Stückchen näher, sie war raffiniert, die Getsela. Da riefen wir Dotto: „Geh rüber, hol Getsela!"

Der Hund lief los. Getsela ritt immer auf ihm und auch dieses Mal setzte sie sich auf Dottos Rücken. So kamen sie an: Getsela auf dem Hund, ihrem Reitpferd. Sie sprang ab.
Großvater zu Mutter: „Wenn du ihr jetzt etwas antust, dann bekommst Du es mit mir zu tun!"
Da nahm Getsela weitere Tuchfühlung, kam immer weiter, näher.
Großvater lockte: „Komm, Katzeli, komm!", „Komm, Kätzchen, komm, wir machen dir ni't schon!"

Ach Gott, das war eine Zeit!

Da kam sie näher und schmuste mit meiner Mutter. Wenn Mutter sagte: „Getsela komm!", dann war Getsela da. Und sie kam auch zu mir und schmuste mit mir.
So ging auch meine schöne Ferienzeit zu Ende und wir fuhren zu unserem Haus nach Stuttgart zurück, weil Großvater und Vater dort schon wieder musikalisch tätig wurden. Und ich musste auch wieder zur Schule gehen
... mittlerweile war Hitler schon an der Macht ...

Das Leben ging weiter, dachten wir.

Als wir zu Hause ankamen, an dem Tag, erfuhr mein Vater –
Wir hatten alle einen Schock. Mutter hat Post herausgeholt.

LADUNG VON DER GESTAPO

Als wir nach Hause kamen, war alles in Ordnung. Mutter ging zum Briefkasten und holte die Post heraus. Es war sehr viel Verschiedenes angekommen: Musikeinladungen, Konzertaufträge ... Mein Vater nahm sie, ging in sein Musikzimmer.
Er fand die Ladung von der Gestapo, fand den Brief zwischen der Post. Auf dem Absender stand: Gestapo, Reichskriminalpolizei.
Später, als wir alles ausgepackt hatten und gegessen und uns müde schlafen gelegt hatten, fand mein Vater keine Ruhe. Irgendetwas beunruhigte ihn. Am andern Morgen in der Früh war er irgendwie verändert, ging in sich, war nicht mehr so offen, lustig, einfach, sondern niedergeschmettert und kreideblass. Meine Mutter sagte, der Vater hat Magenschmerzen, ihr müsst euch zurückziehen. Einen Tag hat er noch Zeit gehabt. Wir waren noch rechtzeitig zurückgekommen, um alles zu erledigen.

Anderntags ging Vater zur Kripo, sprach mit ihr, sie offerierten ihm, dass wir einfach nicht mehr reisen dürfen, dass wir die Pferde verkaufen müssen und den schönen Wohnwagen, der so teuer war. Auch, dass wir Kinder zum Erkennungsdienst zu kommen haben: Wir wurden jetzt erfasst und deshalb mussten wir uns fotografieren, Fingerabdrücke von uns machen lassen. Ich habe noch Bilder von meinem Bruder. Sie sagten dann noch meinem Vater, dass wir uns nicht mit Deutschen verehelichen dürften, das wäre „Rassenschande": „Wenn Sie das Gesetz nicht halten, dann kommen Sie direkt ins Konzentrationslager". Sie verhängten auch das Berufsverbot über uns, alles an einem Tag. Wir leisteten Folge. Ich war die Jüngste. Berufsverbot: Auch mein Großvater, obwohl wir meistenteils in großen Häusern spielten, der letzte Auftritt war das Lido in Paris. Wir hätten ins Ausland gemusst, aber es war schon Sperre (1933).

Wir wären keine reinrassigen Menschen. Wir wären das Letzte, was es gibt. Irgendwie betrachteten sie viele von uns als Mischlinge. Das war noch schlimmer. Denn es sollten nur reinrassige Leute leben. Wir konnten das nicht ganz aufweisen. Die Juden waren vor uns dran. Wir ahnten nicht, dass auch wir an die Reihe kämen.

Sie verlangten, wir dürften die Stadt nicht verlassen – wir könnten uns innerhalb der Stadt bewegen. Ich musste arbeiten, bin zwangsverpflichtet worden. Ein Brief nach dem anderen traf ein. Ich musste mich beim Arbeitsamt melden. Meine schöne musikalische Jugend ging kaputt. Das bräuchte man nicht: Tanzen und Singen. Sie fotografierten mich.

„Tänzerin und Sängerin, du, halt mal dein kleines freches Maul!"

„Fachleute" kamen, Lolitschai und Dr. Ritter. Wir mussten uns vor ihnen bewegen, vor ihnen laufen. Danach sind wir eingeschätzt worden, ob wir reinrassige Inder wären.

„Die eine!", sagte Loliteschai, und Dr. Ritter:[3] „Lauf! Lauf mal rauf und runter!" Laufen vor ihnen, wie ein Mannequin.

---

[3] Unter der Leitung von Dr. Roland Ritter war im November 1936 die „Rassenhygienische Forschungsstelle im Reichsgesundheitsamt" im Reichsinnenministerium in Berlin eingerichtet worden. Dr. Roland

„Ja, warum muss ich hier laufen?!"
Ich konnte mich nicht mehr halten, war zu jung, um die Gefahr zu begreifen, dachte, man kann sich doch noch wehren, ich habe doch nichts getan, habe mich unschuldig gefühlt, es war schwer genug, und dann bin ich zum Trotz nicht wie ein Trampeltier, sondern wie eine Tänzerin auf der Bühne gelaufen, und da haben sie gleich gesagt: „Typisch Inderin!" Ich lachte über sie. Es sei nicht zum Lachen.
„Was soll das, aber mein Bruder ist gut genug zu dienen!"
Sie machten einen Vermerk, ich hätte nicht alles akzeptiert, was mir offeriert worden war.

Im Inland war es wie Frieden. Aber die Rassengesetze wurden spürbar schon '33, sie begannen durchzugreifen '35, '36, da wurden wir schon erfasst, die Zwangsarbeit ... und es wurde dramatisch, '39, '43 die Deportation ...

Ritter und die Mitarbeiter seines „Rassenhygieneinstituts" (vor allem Eva Justin – von den Sinti „Lolitschai" genannt –, Sophie Ehrhard, Adolf Würth u.a.) erstellten bis März 1944 fast 24000 solcher „Gutachten", die für die betroffenen Sinti und Roma einem Todesurteil gleichkamen.

FRAGE

Manchmal standen wir da
und sahen in die Leere
und wussten nicht, wer wir sind, denn
Hass war der Abgrund der menschlichen Seele.
– In Auschwitz.

Sind die Menschen so geboren? Sind sie so geprägt worden?

Und ich lebe noch.
Und ich frage mich, warum und weshalb ich immer einen solchen Schutz gehabt habe?

GLAUBE

Dass Menschen sehen, dass man in Auschwitz noch Zuflucht gefunden hat. Ich halte das Gefühl der Zuflucht fest. Ich glaube an Gott.

Wenn es mir zu laut in der Baracke wurde, wenn zu viele Menschen um mich herum waren, als dass ich beten konnte, ging ich hinaus. Zwei der Baracken standen schräg zueinander, so dass ein Winkel entstand. Hinter ihnen verlief der Stacheldrahtzaun. Ich setzte mich in die Ecke auf den Boden und lehnte mich an die warmen Bretter. Das Frühjahr kam, die Luft war bereits mild. Dort sprach ich mit Gott. Ich klagte ihm mein Leid und bemerkte, wie es mir während des Gesprächs schon besser ging und wie ich zufriedener wurde. Ich schloss die Augen und betete: „Es ist furchtbar. Ziellos und hoffnungslos. Es gibt kein Gericht, kein Ort, nirgendwo, wo man für sein Recht sprechen könnte. Ich habe Angst vor der Krätze, an der Menschen verenden, Löcher in sich, stinkend, ohne Salbe. Lieber Gott, mögest Du mich verschonen. Aber ich verlange nichts von Dir."

Ich fand mich damit ab, dass mein Leben auf diese Weise verlief. Im Gebet fand ich Erfüllung, meine Seele fand Nahrung. Es kam etwas zurück. Gott schenkte mir Zufriedenheit und ich empfand das Schreckliche nicht mehr so schlimm. Ich war freier. Den Hunger empfand ich als weniger quälend. Ich war nicht mehr gierig auf Brot, sondern zufrieden mit dem, was ich bekam, denn es gab keinen Ausweg. Ich rief ihn um Schutz an und er hat mich beschützt.

Am Wochenende kam es vor, dass ich mein Brot bei den Zeugen Jehovas gegen ihre Wurstscheibe tauschte, denn sie aßen sie aus Überzeugung nicht. Lange Zeit standen sie des Nachts betend draußen. Ihr Glaube verlieh ihnen Kraft und ich unterhielt mich oft mit den drei Frauen über Passagen in der Bibel, ohne jedoch jemals zu ihnen zu gehören. Ich bewunderte ihre Widerstandskraft, die sich aus dem Glauben speiste. Sie haben sich nicht verraten.

Ich habe den Glauben im Lager nicht verloren. Ich behielt ihn.

Im Lager: Die Madonna – als ich träumte. Ich habe noch träumen können. Sonderbare Träume. Dieser Hohlweg ... Ich wusste nicht, dass es die Madonna war, die dort herunterkam. Sie winkte. Sie zeigte auf das Tor. Aber der Stacheldraht! Es stand alles unter Strom. Ich rief: „Ich komme nicht mehr heraus hier!" Sie tat ein Zeichen, machte einen Titscher und das Tor fiel um. Und ich sprang über den Stacheldraht hinweg und rannte hinaus, lief den Hohlweg hoch, zu meinen Seiten vielfältige Blüten. Es duftete nach Apfelblüte. Ich erreichte eine große grüne saftige Wiese, auf ihr stand eine große Kirche und ich trat ein.

Ich kam in die Kirche herein, setzte mich in die Bank und sah die Madonna unter dem Altar auf einem Stuhl sitzen und sie hielt einen feuerroten Apfel in der Hand. Und als ich das sah, versteckte ich mich in der Bank, wurde immer kleiner, weil ich Angst hatte, die SS komme herein. Als ich mich so verkrochen hatte in die Bank, merkte ich, dass die

Madonna sich erhob und mit dem Apfel wortlos, aber sehr freundlich, zu mir kam, schmunzelte, lächelte, mir den Apfel wortlos reichte und ich nahm ihn aus ihrer Hand und biss gierig hinein und der Saft spritzte weg. Mit diesem Biss fiel ich aus meinem Traum, wurde wach. Ich weinte so bitterlich, konnte mich gar nicht mehr halten, es war so entsetzlich, ich wusste nicht mehr, wer ich bin, hoffnungslos verloren, weil das Erlebte so schön war und ich wieder heraus gerissen wurde: Und fiel in die Höhle des Löwen. War eine Null, wusste nicht, ob Männchen noch Weibchen, ich wollte den Traum wieder sehen, wusste nicht mehr, was ich mit mir anfangen sollte. Ich war so bitter traurig, eine so tiefe Traurigkeit war über mich gekommen. Bedeutete der Traum, dass ich bald sterben sollte? Die Kirche, die Madonna, die Flucht über den Hohlweg, ich rannte um mein Leben, ich betrat die Kathedrale, mit dem Gedanken, dass dort keine Uniformierten sind und die Flüchtigen den Schutz in der Kirche finden. Einstweilen hat mich der Traum gestützt, denn ich habe die Freiheit gesehen. Und dann wiederum dachte ich, das ist unmöglich! Bei diesem

Strom ringsum, da gibt es keinen Ausweg mehr! Das *Unmögliche* zeigte *sie* mir und es wurde wahr: Was mir unmöglich erschien, das Unmögliche, was mir erschien! Immer wieder habe ich meine Hoffnungen verworfen. Es war zu viel Stacheldraht um uns herum. Und dann betete ich trotzdem noch, empfand keine Enttäuschung. Ich hatte das Gebet, das Einzige, was mir Trost und Kraft gab, Dinge hinzunehmen, die ich nicht ändern konnte. Den Nazis blieb der Zugang in die Kathedrale versperrt. Drinnen die Madonna auf dem Stuhl sitzend. Und sie gab mir den Apfel: Der Apfel, Zeichen von Rettung und Lebenskraft. Und ich biss hinein, dass der Saft nur so spritzte. Von dem Tag an wusste ich, ich schaffe es! Ich komme da raus!

Ich möchte es nicht verschweigen, ich bin eine Apfelesserin. Mutter sagte früher: „Du wirst einmal gute Zähne kriegen." Ich bin 93 Jahre alt und habe bloß zwei Zähne verloren. Sonst sind alle noch vollzählig. Apfel ist gut für die Zähne. Als Kind suchte ich nur das Beste; süßes, saftiges Fallobst. Mutter backte Apfelkuchen, kochte Apfelmus. Die

Apfelblüten bewunderte ich. Sie dufteten kräftig. Ich riss sie ab, steckte sie in mein Haar.
Weiße Apfelblüten im schwarzen Haar.

Es gibt ein Paradies und eine große Auferstehung. Jesus wird es wieder aufbauen, mit den Menschen, die er beschützt hat. Einmal wird alles zusammensacken, am Weltende. Aber diese werden wieder auferstehen. Er wird sie erheben.
Ich bete, wenn es mir gut geht. Wenn es mir schlecht geht, so schimpfe ich nicht auf *Ihn*. Ich bete auch, wenn es mir schlecht geht. *Er* gibt Kraft. Und wir brauchen die Kraft von oben, denn es ist alles vergänglich. Der Körper ist nur eine Erinnerung, aber die Seele wandert weiter.

ES BRAUCHT MUT

Wenn du einen Vorsatz hast
und du fühlst dich bedrängt
und erniedrigt
und du kannst nur noch den Himmel sehen,
selten einen Baum
dann braucht es viel Mut.

Die Menschen hatte man mutlos gemacht.
Aber mich hatten sie nicht entmutigt.

Ich wählte nicht den Tod,
sondern die Freiheit.
Ich wollte im Wald sterben, frei.

Es war schon später Nachmittag, es war schon Ende Herbst, Ende Oktober, der November begann. Da saßen wir draußen, aßen unser hartes Brot. Da machte ich die Beobachtung, dass der Aufseher mit dem Hund um das Lager lief und der Hund berührte mit seiner Schnauze den Draht: Es floss kein Starkstrom, es war nur Draht – an diesem Tag.

Ich musste Anlauf nehmen, dass ich drüber käme. Ich weiß nicht, wie ich den Draht übersprang:
Angst, Hunger, Tod.
Ich sah den Zaum an, circa zwei Meter hoch.
„Wenn ich es schaffe, drüber zu kommen, bin ich frei, ja!"
Ja! Und ich schaffte es. Ich verschwand.

Da war die große Landstraße. Später die Elbe. Durch das Gestrüpp hindurch kämpfte ich mich, war zerkratzt und blutete, bis ich das Flusswasser erreichte, in der Tiefe.
Inmitten des Flusses befand sich eine Insel, bewachsen mit Grün. Ich bin drüber ... geschwommen. Die Angst, die in mir war, verlieh mir die Kraft – zum Ausreißen.

Niemand glaubte, ich hätte diese Kraft. Aber ich dachte nur an mich: „Was kann ich machen? Angst, zu überleben; Wille, nicht zu sterben. Wo ein Stück Brot hernehmen? Ich möchte mich noch einmal satt essen."

Und in einen Apfel beißen.

AM STACHUS

Ich war geflüchtet und in Obhut bei Leuten vom Volkssturm, einem Mann und seiner Tochter, sie hieß Marga. Als die Russen kamen, hatten sie Todesangst. Frauen könnten vergewaltigt werden. Jemand klopfte an die Tür. Ich hatte fast Glatze, der Mensch sah mich an: Er fing an zu weinen. Er nahm mich in die Arme, drückte mich. Er gab mir eine russische Zigarette, eine Papirossi. Ich nahm sie, um nicht abzulehnen, steckte sie hinter mein Ohr. Die Menschen um mich gerieten in panische Angst. Jedoch: Die Russen waren unsere Befreiung.
Da war ich wie gelähmt, was sollte ich machen? Verlören die Deutschen den Krieg, so wäre es unsere Rettung. Die Tochter Marga war wahnsinnig nett, als Dienstverpflichtete war sie Schwester beim Roten Kreuz. Im Wald zuvor, als ich dort aufgestanden war vom Moos, als ich die schweren Stiefel gehört und gedacht hatte, es sei das Ende und dann stand der Mann vom Volkssturm da und sagte, ich will dich doch nicht töten, und als er mich mit

nach Hause nahm, zu sich und seiner Tochter Marga, da wusste ich noch nicht, dass bald die Befreiung wäre, dass die Freiheit so nahe war.

Ich möchte auch das beschreiben: Als ich nach München kam mit den amerikanischen Truppen, allen voran Käpt'n Malli. Sie pflegten mich und trotzdem war ich allein. Ich stand da am Stachus und wusste nicht: Was passiert? Was kommt auf mich zu? Lebt die Familie noch?

Käpt'n Malli war ein deutscher Jude aus der Hamburger Gegend. Er kümmerte sich um mich. Malli holte die Hühner und den Speck bei den Bauern. Sie lebten wie die Made im Speck und wir KZ-Überlebenden hatten nichts.

In den Peaks, den amerikanischen Supermärkten, schob er mich im Handwagen und ich griff zu den Seiten, was mir beliebte. Ich war als Köchin in ihrem riesigen Hotel gelandet. Nebenan befand sich ein Haus, in dem eine alte Frau wohnte. Sie holte mich zum Kartoffeln und Gemüse schälen. Die Amis aßen aus Dosen; sie waren überglücklich über meine Kochkünste. Im Gegenzug bekam ich, als ich nach München kam, eine Unterkunft im Hotel. Ich war versorgt, brauchte keine Angst zu haben, dass mich jemand überfällt. Die Offiziere hätten mich niemals vergewaltigt. Sie hatten Respekt. Ich stand unter amerikanischem Schutz.

Die Offiziere sahen meine Nummer, meinen Arm und streichelten ihn immer wieder. Sahen sie die Nummer, waren sie fertig. Sie heulten, es schmerzte sie mehr als mich.

„I come from concentration camp."
Sie fluchten.

Von Malli hatte ich gehört, dass sich hinter dem Stachus die überlebenden KZ-ler sammelten.

„Ich gehe mit dir!"
Er fuhr mich in seinem Jeep zum Stachus. Eine Kundgebung von Häftlingen fand statt. Ein Priester sprach von der Zahl der Umgekommenen. Viele weinten. Ich war übermannt.

Dort, auf dem Stachus, lernte ich meinen Mann kennen. Es war ganz harmlos. Ich stand in Gedanken verloren über Zukunft, Familie. Mir kamen die Tränen vor Angst und Not, ob überhaupt noch jemand am Leben wäre! Und

mein zukünftiger Mann stand neben mir, er sprach mich an und tröstete mich.
„Weine nicht, es wird alles besser werden!"
„Aber unsere Leute kann keiner ersetzen! Sie werden nie wiederkommen!"
Ich sagte, ich sei ganz alleine und wüsste nicht, ob die Familie noch lebte. Ich erzählte ihm, dass ich Angst hatte, was aus meiner Zukunft würde. Denn ich wollte nicht nach Amerika gehen, wollte immer hier, in unserem Land leben.

Er sagte: „Ich bin auch ganz allein."
Ich fragte, ob er nicht mitkäme, essen, in die Küche der Amerikaner. Er war ausgehungert, bestand aus Haut und Knochen, wie jeder andere auch. Ich bekochte ihn. Er aß wie ein Scheunendrescher. Wir waren auch Kameraden. Und wir waren Leidensgenossen gewesen, das kittete uns zusammen.

Abends machten die Amis Musik zum Fünf-Uhr-Tee, hörten Schallplatten und tranken ihren Whisky. Mein Mann spielte Klavier, ich sang alte Evergreens. Wir waren ein Zwei-Mann-Trio. Unsere Liebe war hemmungslos.

DER BRUDER

Der Erste war der Johann, wie er über den Stachus ging und ich war auf der anderen Seite.
Ich zu meinem Mann:
„Da drüben ist mein Bruder!"
Der MP (Militärpolizist) regelte den Verkehr. Große Lastwagen fuhren.
Mein Bruder schlenkerte beim Laufen mit den Händen.
„Der läuft wie mein Bruder!"
Ich sah seinen Kopf im Profil und war nicht mehr zu halten. Ich durfte den Stachus nicht überqueren, der MP wollte mich zurückhalten.
Aber ich war wie ein Wiesel! Ich sprang, wie im Ballett, parierte die Autos und war drüben.
Der MP schrie. Ich rief hinter meinem Bruder her.
Auf einmal blieb er stehen. Dreht sich um. Ich war wie gelähmt, die Knie zitterten, ich konnte nicht mehr atmen. Er hat mich in den Arm genommen und hat mich so gehalten.
Wir hielten uns fest und ließen uns langsam los. Mein Mann war auf der anderen Seite.

„Es war schwer so alleine. Und ich habe jemanden kennengelernt. Der steht da auf der anderen Seite."
„Du kleines Nesthäkel hast geheiratet!"
Nicht nur wir, jeder suchte nach seinen Angehörigen.
„Komm rüber!", bedeutete der Bruder meinem Mann.
Und der MP sah alles.
„Warum läufst du über die Straße?"
„My brother came from concentration camp!"
„Excuse-me, excuse-me!"
Er verstand es.

Dann waren wir zu dritt. Mein Bruder war Allround-Musiker. Er spielte am Piano, ich sang und mein Mann spielte Bass. Und die amerikanischen Soldaten, auch fertig vom Krieg, kamen auf andere Gedanken.
Ich kochte, nicht nur für das Hotel, nicht nur für meinen Mann, sondern auch für meinen Bruder, der ebenso ausgehungert war.
Eine Zeitlang blieben wir in München, dann reisten wir zu einer überlebenden Tante nach Tübingen.

Von da aus: Vielleicht finden wir jemanden, der Auschwitz überlebt hat.
Die Amis:
„You go, you go."
Und haben nach dem Himmel gesehen:
„Geh mit Gott."

Bei der Tante sammelten sich die Überlebenden wie verlorene Schafe. Alle anderen waren vergast worden.

Tübingen: Oben im Kasino waren die Franzosen. Auch sie suchten Musiker, für das Kasino. Da ging dann die Musik weiter. Dort traf ich auch Josephine Baker wieder. Sie sang Evergreens, mein Bruder begleitete sie auf dem Piano — ein Tag, zwei Tage.

Dieser Abend ist schön.

III

SEELENMANNA

ANTWORT

ich bin durch wald gegangen
von hoffnungstal bis bensberg
und alles war wald reich von tannen
ich konnte gut singen
die koloratur
ich sah ein reh und einen rotfuchs
und habe das hohe c gesungen
habe es wirklich noch geschafft
vor zwanzig jahren
und ich merkte dass die vögel mir
antwort
gaben wie früher
wenn wir feierten
die männer musik machten
aus einem packwagen die instrumente holten und
spielten
und wir stellten klappstühle auf, deckten den tisch

wanderer hielten mit
wir behandelten sie wie die unsrigen
gaben ihnen noch geld für den weg
dann gingen sie los
und vater spielte eine serenade für cello
der andere bratsche
ich habe das hohe c gesungen
und die vögel haben
antwort
gegeben

SENSIBILITÄT

Wir sind halt locker
ich habe so viele Träume gehabt
ich würde niemals das Böse mit dem Bösen
vergelten
ich habe die Versöhnung gesucht
und es war meine Auferstehung

es liegt am Menschen wie er den Menschen
sieht
es gibt so Vieles noch zu entdecken
und wenn es der kleinste Käfer ist das kleinste
Lebewesen
Er hat es nicht ohne Kampf geschaffen
und wir wählen zwischen Böse und Gut
oder auch eine Mitte

alles was lebt
selbst die Käfer kämpfen gegeneinander
und vertragen sich

wir Sinti haben
auch
die Gabe
vom kleinstem Käfer
können wir eine Erzählung erschaffen
eine Antenne
die sie führt und leitet
droht Gefahr dann rennen sie weg
sie haben eine besondere Antenne
Sensibilität
Stimmungen zu spüren

Im Wald
dieser große Baum
den ich so sehr liebe
er trägt sein grünes Kleid

die Äste
die Blätter
bewegen sich

wie Balletttänzer
in jede Richtung

weich
und zart
und schön
sieht es aus

BÖLL

Wenn ich mit Böll und seiner Frau in Bonn war, hat sie gekocht und ich bin mit Böll spazieren gegangen. Du konntest über die Auen sehen und das Korn war hoch, die Ähren noch höher. Er hat mir viel von seiner Jugend erzählt. Schlichte, intelligente Menschen waren seine Eltern. Manchmal habe Böll sich sein Hemd kaputt gemacht, habe sich die Haare verstrubbelt. Er sagte: „Ich wollte zu den Armen gehören, nicht zu den anderen. Weißt du, Philomena? Schon als Schuljunge war ich Außenseiter. Wollte von Gewalt gar nichts wissen!"
Böll war ein so einfacher Mensch.
„Wenn ich einmal sterbe, gehe ich in kein Krankenhaus!"
Er war ein Sturkopf. Ist auch zu Hause gestorben.
Und über Besuche sagte er: „Bei mir muss sich keiner anmelden. Es wird angeklopft, du darfst hereinkommen. Das habe ich von den Sinti gelernt, eine gute Sitte."

FLUSS

wenn du zu uns kommst auf besuch wenn ich
traurig bin –
ich bin traurig ich sehe einen wunderschönen
fluss vor mir –
ich stehe an einem fluss

und wenn ich in ihn tauche ins wasser tief und schließlich nach oben treibe wenn das wasser von meinen schultern perlt von meiner haut und die erste sonne mich erwärmt wenn ich dann sitze auf ufersteinen und noch immer erste sonne auf meinem gesicht und mein körper warm umhüllt wenn du auftauchst das ist wie dein kommen und die endlosigkeit des morgens rastet auf dir

ich gehe in gedanken versunken spazieren am
fließenden wasser entlang

AURA

in unserer familie ist eine aura die dich öffnet
da kannst du zeigen wie du bist
du kannst dich öffnen
du fühlst dich wie zu hause
als ob du schon immer hier wärest

und dann gehst du einfach
und wenn du gehst gibt es eine riesengroße
lücke
dann schließe ich oft die augen und lasse
meinen gedanken ihren lauf

unsere aura ist anders
sie ist weit gestrickt und nicht so eng
wir sind halt menschen die in die natur
eingebettet leben
wir hängen darin

das wunderbare grüne gras

du siehst die kleinen blüten
sie machen sich frei mit gewalt
sie werden neu geboren
die menschen vernichten so viel

wenn es nicht mehr geht
haben sie eine wunderbare zeit
gehabt

ICH HABE DOCH DIESEN TRAUM

Ich möchte sagen, dass die Liebe noch in uns ist
und diejenigen, die es noch können, sie aus sich herauspauken
und ich kann noch zeigen, dass es noch Liebe gibt – wir sind doch alle so.
So habe ich auch das Lager überlebt,
weil ich einen Menschen ansehe und einschätzen kann und wusste, so musst du dich verhalten.
Können wir da noch etwas reinschreiben über die Liebe?

Wenn ein Kind zur Welt kommt, dann sucht es schon die Liebe. Und wenn es schon Mama sagen kann und Papa und du nimmst das Kind auf den Arm, dann strömt die Mutterliebe aus dir hinaus. Und ich denke, dass sie die allerliebste Liebe ist: Diejenige, die die Mutter dem Kind schenkt. Die Mutter ist diejenige, die dem Kind zeigt, was Liebe ist. Und diese vergeht auch nicht.

Man kann nie sagen, wenn man einmal mit einem Menschen zusammen war und es geht auseinander, Liebe war es nie, es gab nur eine Zuneigung ... Doch es bleibt dem Menschen die Erinnerung. Sie kann keiner löschen.
Die Liebe ist nie vorbei, die Liebe ist ewig, sie bleibt ewig. Auch wenn du sagst, es ist aus, ich kann dich nicht mehr lieben. Du erfährst die Liebe immer wieder, du kommst nicht daran vorbei, und wenn du noch so Schlimmes erfahren hast. Aber die Liebe ist stärker, sie ist ein starkes Phänomen, sie, die Gott uns geschenkt hat. Sonst könnte die Welt gar nicht so lange bestehen – wenn die Menschen sich nicht lieben würden. Wir regieren doch die Welt. Gott hat sie uns gegeben und wir müssen daraus etwas machen! Lassen wir sie erblühen! Dann ist es unser Werk, dann hat Gott uns die Kraft dazu geschenkt.

Ich habe doch diesen Traum.

Ein Bild von Adam und Eva, wie sie ihm den Apfel reicht. Die Frucht ist doch auch ein

Zeichen. Die Frucht. Ich sehe nicht das Paradies, ich sehe in der Wirklichkeit.

Sehen: Dass ich das Böse und das Gute unterscheiden kann. Und ich habe das Gute immer vorgezogen und es war meine Auferstehung.

Ich habe doch diesen Traum.

VARIATIONEN VON GLÜCK

... Ich habe doch diesen Traum ...

Ich sehe das jetzt förmlich vor mir weißt du ich steh jetzt oben aber das ist weit das ist breit und ich sehe unten ist es keine große tiefe es hebt sich ein bisschen an ist bequem zu laufen trotzdem es sieht von weitem aus wie ... ich sehe ich komme ich stehe oben und sehe vor mir eine riesengroße wunderschöne landschaft mit blühenden bäumen mannigfaltige blüten ganz groß und rosa manche sind rosa manche blüten sind ganz weiß herrliches panorama weit fließend geht es herunter und unten hebt sich ein wald an bäume grüne alles grün und diese als ich näher komme sind es blühende bäume rosa blüten zart rosa die bäume heben sich nebeneinander voneinander ab als ob sie gepflanzt worden wären aber weiter unten wie sie sich umarmen umschlingen daraus ergibt sich ein riesengroßer schatten es ist heiß die sonne leuchtet ganz hoch am himmel angenehm kühl erfrischend der schatten gibt sich auf dem boden sich streckend und der schatten geht in die baumstämme über und der blick wandert nach oben in die baumkronen apfelbäume birnen verschiedene früchte es ist etwas wunderbares ich fühle mich so sauber wenn ich darunter komme alles hebt sich weg von mir ich bin so glücklich mein ganzer körper öffnet sich dann falle ich hinein in gottes schöpfung wie wunderbar gott alles geschaffen hat die ganze blütenpracht ich fühle mich so wohl meine seele hat sich geöffnet manchmal ist man ganz zu nicht empfänglich für viele sachen dann steht man da als ob man einen schlüssel vorne hat und nicht aufschließen kann und hier öffnete sich alles ich habe mich geöffnet ich war frei ich habe alles empfangen meine seele war frei ich war so überrascht

ich bin gelaufen und unverhofft komme ich auf die höhe und der blick fällt unvermittelt öffnet sich alles ich war vorher zu und auf einmal fühle ich mich frei mit der natur sie ging so auf wie ich und ich mit ihr ich hätte alles umarmen können ich hatte das gefühl ich umarme die natur diese wunderschöne ein maler könnte die natur nicht schöner malen so schön habe ich sie empfunden mein gefühl ich so offen und ich war wie aus dem himmel gefallen es waren alles bunte blumen wiese die reicht bis zum knie und darin sah ich die köpfe der blumen die daraus wuchsen *ich kann mich versetzen ich sehe das und bin da*

EINEN BAUM DARF MAN NICHT TÖTEN

mein ganz starkes gefühl wenn ich jetzt schreibe *ich sehe eine wunderbare wiese* ich gehe da spazieren und komme da hoch ...
hinter der kuppe ging es ein bisschen herunter ein stückchen weiter sah ich einen riesengroßen baum der bewegte sich die blätter ganz leise es rauschte es war wie musik dieser baum der zeigt dass er da ist ich kann auch singen ich kann auch sprechen und ich höre ihn auch einen baum für mich ...
einem baum darf man einfach nicht wehtun ihn nicht abhacken und nicht töten weil er spürt und fühlt es genau und hat auch schmerzen denn er gibt uns alles was er hat und was er kann alle jahreszeiten gibt er uns und erfreut mit früchten unsere seele ...
er beschenkt uns und ich sehe diesen blühenden baum unterhalb der wiese und dann denke ich ich komme näher umarme ihn und sage ihm spreche mit ihm bedanke mich für das was er uns gibt und entschuldige mich für diese menschen die den baum töten

möchten und nutzen daraus schlagen *aber einen baum darf man nicht töten denn er gibt uns alles was er hat mit der frucht*

wenn ich so die augen schließe kann ich mich ganz leicht versetzen in diese stelle und ich rede mit der natur ...
aber diesen baum den stelle ich mir so mannigfaltig so riesengroß vor und uns schenkt er in der glühenden hitze seinen schatten ...
wir würden verbrennen, wenn wir unterwegs sind, der wanderer auf jeden Fall ...

ich sehe mich als wandererin

weil ich ein naturmensch bin
ich brauche sie
ohne die natur kann ich nicht leben

WIESE

ich bin so viel gewandert gewandert *in meinem traum*
ich habe geträumt ich saß hier oben es war strahlend hell
tief unten saß ein alter mann auf einer bank im schatten
vom laufen war ich irgendwie müde
aber ich habe diese wunderbare wiese gesehen

diese wiese war wie ein mosaik und es bewegten sich die feldblumen darin und es ging ein leiser wind alles bewegte sich so leise mit dem wind ging es und ich sah den baum die blätter schüttelten sie bewegten sich auch

ich habe keine früchte gesehen nur den alten baum und den alten mann und ich habe es so genossen diese wiese diesen geruch

irgendwie war ich den berg hinaufgekommen oben auf eine ebene gelangt der blick fiel sofort steil wieder hinunter eine gewölbte brücke und unten rechts habe ich gesehen den alten mann er ist selbst fortgegangen wie ich

aber ich bin noch oben und ich habe mich
befasst mit dem bunten treiben auf der wiese

und ich habe brummer hummeln gesehen
fleißig es war so viel leben in dieser wiese die
großen halme bewegten sich leise ein sanfter
wind ging ich setzte mich hinein machte mich
frei und der wind kam ab und zu stichweise
und das gras bewegte sich wie das meer die
wellen so viel leben war und so bunt die
blumen so kräftig in ihren farben es war eine
blaue blume mit einem herrlichen duft ich
zupfte sie ab vom kopf her und rieb sie in der
hand und roch und schaute abwärts durch die
halme der baum war rund lange äste tiefer
schatten sattes grün dicht voll blätter hat auch
er sich bewegt stille war es wuchsen auch
ähren darin in der wiese ich zupfte sie ab rieb
sie und blies die spreu fort und aß und es
schmeckte süß ...

und ich habe geschmatzt wahrscheinlich bin ich davon
aufgewacht es war ein traum ich habe nach dir geguckt
und du hast geschlafen wie ein kleines kind

ich rolle mich ein wie eine schnecke meine mutter hat mich immer gesucht schnecke sie fand mich unter den füßen eingerollt wie eine schnecke daher haben sie mich immer gerufen schnecke sie liegt darin immer zusammengerollt wie eine schnecke

ich bin so erhaben heute kann mich nichts mehr interessieren wenn etwas auf mich zukommt kann nichts mehr mich erschüttern
                                          wahrer hochsommer ist

ich lief durch die wiese als kind und dann fanden mich die hunde eingerollt schlief ich wie eine schnecke *unter den blumen hat mich unser dotto gefunden*

stark wie ein mosaik war diese wiese kräftig die farben betäubend der duft und ich zerrieb die blaue vogelblume sie trug spitze zacken in meinen handinnenflächen ...

es ist kalt jetzt ist winter und der helle sommer bricht ein mit seinem licht und seinen farben wir sitzen um den tisch
                      ich rufe ihn wach

FRÜHLING

Die kleinen grünen Blättchen *kämpfen* für ihren Platz. Sie sind unsere Kraft.
Sie geben uns Sauerstoff. Wir brauchen sie zum Leben –
die Natur ist unsere Auferstehung.

BESITZ

Was nützt uns das Geld und Geschmeide – das haben wir. Wenn du viel besitzt, gehen die Gefühle verloren. Wenn der Mensch alles hat, versiegt sein Antrieb, er muss nicht mehr kämpfen. Dann ist er fertig, kaputt. Das Natürliche fließt dahin.

ÜBER DIE LIEBE

Wenn wir die Liebe nicht haben, geben wir unseren Geist und unsere Tugend auf.

Die Liebe ist das allerhöchste der Gefühle.
Denn sie gibt uns alles, sie ist alles.
Wir haben und wir brauchen sie ein Leben lang. Ohne Liebe können wir nicht leben.
Der Mensch hat die Liebe immer in sich, weil er ohne die Liebe nicht leben kann.

Wenn wir die Liebe nicht haben, geben wir unseren Geist und unsere Tugend auf.

Sie gibt alles, was in uns drin ist.
Wir können sie weitergeben, denn wir haben genug davon, aber manche Menschen wissen nichts mit ihr anzufangen.
Wer die Liebe nicht kennt, wer keine Liebe erfahren hat, kann auch nicht lieben.
Wenn wir auf die Welt kommen, haben wir einen Teil der Liebe in uns, aber auch ein Stück Hass.

Man kann die Liebe erhalten. Der Wille muss da sein zur Liebe. Wenn der Wille nicht da ist, dann nützt die ganze Chose nichts.
Jeder hat Liebe in sich, sie wird dir in die Wiege gelegt.
Die Liebe ist überall, sogar bei den Tieren.

Du hast vier Dinge in dir, wenn du geboren wirst. Die reine Wahrheit und die Lüge, den Hass und die Liebe.
Der Wille zur Liebe zeigt sich, wenn du dich entfaltest, wenn du reifer bist, wenn du unterscheiden kannst zwischen Lüge und Wahrheit, Hass und Liebe.
Wenn wir hassen, verlieren wir.
Wenn wir die Liebe haben, können wir vieles bewerkstelligen.
Ich habe gemerkt, was Hass bedeutet. Ich habe Menschen gesehen, die voll Hass waren, die keine Menschen mehr waren. Da hat ein anderer Geist aus ihren Augen gesehen. Ich meine jetzt Auschwitz.

Denn wenn wir die Liebe nicht haben, geben wir den Geist und die Tugend auf.

WORTE

Worte meines Großvaters:
„Ich bin Mann von Wort. Ich stehe jederzeit zu meinem Wort."

POESIE

Ausgefallene Wörter in vielen Variationen, so wie die vielfältigen kleinen Dinge um uns herum. Weiche Sprache. Die Natur zu sehen, sie zu empfinden und sie im selben Moment auszudrücken. Das ist uns gegeben. Es existierte kein Wörterbuch für uns, aber wenn Mutter erzählte, gab sie uns Unterricht in dem, was Natur ist und wie wir mit ihr umgehen müssen. Wir waren moderne Menschen und weit in der Kultur. Ich genoss auch Gedichtlesungen. Ich gab mir Mühe bei den Formulierungen der Sprache und mit meinem Vater sprachen wir Französisch. Auch meine Schwester hatte gute Ambitionen ... *Sie kam zwei Jahre vor mir ins KZ, vor mir haben sie sie abgeholt ... Sie starb ...*

Poesie ist, wenn ich etwas ganz stark empfinde und kann es dann auch interpretieren und niederschreiben. Ich lief gerne durch die Wiesen, schon durch bunte, wilde Blumen, Klee. Wir aßen sauren Klee.

Poesie ist etwas: Wenn ich diese Tulpe hier betrachte oder sehe eine fremde Blume, nehme ich sie auf, bewundere. Ein Vergnügen: Es ist eine bunte Welt.

Die Poesie ist für mich in der Natur, und es gibt auch musikalische Poesie: Sie ist uns angeboren. Wenn man ein Lied singt oder einfach dichtet. Ein Gefühl. Großvater animierte uns draußen dazu, begleitete uns. Wir dichteten spontan. Ich hatte ein starkes Empfinden und ließ das Verlangen und das Wissen, das in mir war, los. Ich wollte alles wissen, mein Interesse war unstillbar, als ich acht, neun Jahre alt war. Mutter sagte zu mir: „Du Professor!"
Ich stand im Morgengrauen auf. Dann die große doppelte Treppe vorm Wagen. Und die Pferde am Baum angebunden. Ein blindes Pferd, es hieß Lili. Ich musste früh schlafen gehen, die anderen konnten am Feuer sitzen. Dafür war ich die Erste, die wach wurde. Alles war ruhig und in dieser Ruhe gab es so viele verschiedene Töne: Schnarchen wie ein Kontrabass ... Mit leisen Füßen stieg ich aus dem Wagen und saß draußen vor Treppe.

Dann kam Getsela und stellte sich hinter meinen Rücken. Sie war verschmust. Sah mich an und begann zu sprechen. Schmiegte sich an mich – dann lief ich mit ihr die Landstraße entlang, fort in den Wald, ein Stück hinein, ein paar Schritte. Dort konntest du sämtlichen kleinen Tieren zuschauen. Ameisen: Wie wird es in ihrem Nest aussehen, haben sie ihre Kinder, was holen sie da Weißes, sind es ihre Eier? Große rote Waldameisen. Sie liefen hintereinander in Reihe auf einem alten umgefallenen Baum. Unten drunter lag ihre Wohnstatt und oben transportierten sie die Nahrung entlang in ihr Nest. Das war interessant. Sehen, wie so kleine Wesen für ihre Familie sorgen, ihre Nahrung tragen, für den Winter vorsorgen. Das ist Poesie. Ich saß auf einem alten Stumpf im Wasser und hielt die Füße hinein. Ruhig sah ich, wie von hinten die Fische herauskamen, ihre Mücken fingen: Sie frühstückten auch, kindlich! Ich erzählte dies meiner Mutter: Frau Professorin, hier! Ich bin nicht intelligent. Ich bin hineingeboren. Ich bin da hineingeboren worden. Vielleicht bin ich ein Naturmensch.

Hitler ließ dies alles nicht mehr.

Wenn ich Ruhe habe und in den Wald schaue, zehre ich davon und es gibt mir Kraft. Ich tankte soviel davon. Es war Manna. Manna, das ich von der Natur bekam. Etwas, das wie eine riesengroße Freude war: Wir standen mit den Wagen am Waldesrand und dann, abends, machten die Männer ein riesiges Feuer. Stöcke, die sie stellten, wie die Indianer, und unten konnte man stochern, es war nur die Glut, keine hohen Flammen. Es war heiß, wir brieten Speck. Vater schälte Blätter und Rinde von einem Ast, spitzte ihn vorne an und stieß mit dem Spieß durch den Speck. Ich durfte bis acht, neun Uhr abends dort sitzen. Das war ein Duft! Die kleinen Löcher im Speck waren mit Knoblauch gespickt, die Männer tranken ein gutes Bier dazu, meine Mutter schwarzen Tee. Und wenn die Männer wunderbare Geschichten und Märchen erzählten, durfte ich zuhören, auf einem Eimer, den Mutter mir umdrehte, auf einem kleinen Kissen sitzend. Und mein Großvater dichtete ein wunderschönes Lied, ich habe noch die Melodie im Kopf, nicht den Text: „Durch die grünen

Wälder, durch die bunten Felder, will ich immer wandern in die Ferne ..."

Aus dem Romanes übersetzte ich Dir seine Lieder für mich, singe sie Dir:
„Geislein, Geislein, gibt ein gutes Essen, gibt ein' guten Braten, gibt ein gutes Essen!"
„Geislein, mein kleines Geislein ..." – das war ich, für den Großvater: „Geislein, bist eine kleine Ziege, die auf der Wiese herumhüpft, aber wenn man sie schlachtet, gibt sie ein gutes Essen!"
Unsere Lieder erhielten alle sehr viel Kraft durch ihre Melodien: „Erdbeere wächst im grünen Wald, eine wunderbare Frucht, sie kann man köstlich Essen, Erdbeere wächst im grünen Wald ..."
Dann ging es hinein ins Bett, aber ich hing am Fenster und hörte zu, wie die Alten sich unterhielten. Mit den Augen wandere ich fort *Ich bin dort ...*

PFINGSTROSEN

Es war Samstag und die Geschäfte waren schon alle geschlossen. Ich brauchte Blumen für die Madonna. Und ich dachte: „Ach, herrje, was mache ich denn jetzt?" Naja, und dann – soll ich ein Drama daraus machen? – wuchsen dort unten die Pfingstrosen. Ich überlegte: „Soll ich eine für die Madonna klauen?" Und ich war gerade am Zupfen, da kam der Hausmeister um die Ecke. Und er schnalzte mit der Zunge, der Waffenschmied. Als er mich ansah, sagte ich zu ihm: „Sie haben sie doch gepflanzt?" Er entgegnete: „Na ja, sicher habe ich sie gepflanzt, für das ganze Haus!" Und ich: „Ich habe keine Blumen für die Madonna." „Dann nehmen Sie sich doch noch eine! Wenn Sie das machen, dann ist es ja überhaupt kein Problem! – Zwei rosafarbene und noch ein paar knospige!" – Schau, wie sie schon aufgegangen sind! Aus der richtigen Erde, das ist ein Unterschied! So voll, ihre Blüte! Ja, unser Hausmeister: Er ist lustig, er macht jeden Streich mit. Er lachte über mich und ich habe mich so erschrocken!

Auschwitz - Birkenau
liegt nicht
nur in Polen
sondern überall
wo Menschen
verfolgt
und gequält sind

Der Kerker *bleibt*

Dem Licht
sich öffnen

Der Wald kehrt zurück
Bäume streben hinauf
Vogelruf tönt
dicht an dicht
wiegen sich die Bäume
Wipfel im Wind

PARALIPOMENON
Nachwort von Sidonia Bauer

PHILOMENAS
STICHWORTE

Freundin des Mutes
Philomena als Name leitet sich vom griechischen *phílos* (=Freund) und *ménos* (=Mut, Kraft, Stärke) ab und bedeutet übersetzt *Freundin des Mutes*. Sei ihr *Nomen* als *Omen* verstanden: Um Auschwitz zu überleben *braucht[e] es viel Mut*. Um zu fliehen, über den Stacheldraht zu springen, *braucht[e] es viel Mut*. Aber auch um nach Ende des Zweiten Weltkriegs als Betroffene in Deutschland neue Brücken zwischen Sinti und Nicht-Sinti zu bauen, Grenzen zu überschreiten, sich in Schulen, Kirchen, Universitäten und in der Europäischen Bewegung für ein friedvolles Miteinander verschiedener Kulturen und der Anerkennung seit Langem ausgegrenzter Minderheiten – wie eben der ihren, der Sinti – zu engagieren, bringt die fünffache Mutter Courage und Zivilcourage auf. Mut und der Wille, gegen Ungerechtigkeit zu kämpfen, gehören zu ihrem Charakterbild. Wie nicht ihre Tugend der Beharrlichkeit (*constantia*) bewundern, die, laut Seneca und später

Castiglione, dem Weisen eignet, der „den Schlägen des Schicksals widerstehen können [soll] wie ein mächtiger Baum dem Wind oder der Fels den Wellen"?4 Liebt sie nicht auch gerade wegen dieser Ebenbildlichkeit den Baum, den man *nicht töten* darf, *denn er gibt uns alles was er hat mit der frucht?*

Philomenas *Stichworte* sind Worte und Bilder einer *Wanderin*, die tief in ihrer Erfahrung verwurzelt sind, in ihrem *tiefen inneren Empfinden*. Ihre Lyrik ist ein *tiefinnerer* Gesang (*Cante jondo*). Dieses Tiefinnere ist nicht verschlossen, im Gegenteil ist ihr offenes Wesen ist ein Zugehen ... *auf die Blume vor sich, so wie auf die fremde Blume.*

So ist Philomenas *Aura* [...] *weit gestrickt*. Nicht unbemerkt bleibt auch die Seelengröße, ihre *Magnanimitas* (auch Großmut, Hochherzigkeit), die im Gegensatz zum Kleinmut steht. Den Gebrüdern Grimm zufolge ist Großmut „edelmuth mit selbstbesiegung". Selbstüberwindung, Pardon, Verzeihen hat Philomena Franz ihr Leben lang geübt und in

---

[4] Peter Burke, *Die Geschichte des „Hofmann". Zur Wirkung eines Renaissance-Breviers über angemessenes Verhalten*, Berlin: Wagenbach, [1995] 1996, S. 22.

ihrer Autobiographie *Zwischen Liebe und Hass. Ein Zigeunerleben* wie folgt ausgedrückt:

> Ich bin selber durch die Hölle der Unmenschlichkeit gegangen, durch die Schreckenslager des nationalsozialistischen Systems. Die meisten von uns haben nicht überlebt. Wir Überlebenden sind gezeichnet. Aber eines hat mich mein Leben gelehrt: Wenn wir hassen, verlieren wir. Wenn wir lieben, werden wir reich.[5]

Ebenso sagt sie: „Im Verzeihen liegt die Größe des Menschen. Wenn man nicht fähig ist zu verzeihen, hat man nicht gelebt. Kann ich verzeihen oder nicht? Wenn man verzeihen kann, ist es gut. Ich habe nie Anklage geübt."
Philomena Franz' Leben steht im christlichen Zeichen von Liebe, Glaube und Hoffnung. Ihre Worte sind Ausdruck dessen, was sie authentisch lebt. Nach ihrer Flucht aus Auschwitz und der wenige Monate darauf

---

[5] Ich zitiere nach folgender Ausgabe: Philomena Franz, *Zwischen Liebe und Hass. Ein Zigeunerleben. Gefolgt von Märchen,* mit einem Nachwort versehen von Reinhold Lehmann und einem Beitrag von Wolfgang Benz, Norderstedt: BOD, 2001, S. 9-10.

folgenden Befreiung von Nazi-Deutschland hat sie sich in der neu sich bildenden Bundesrepublik Deutschland durch unzählige Vorträge über die Gräuel des Zweiten Weltkriegs im Schul- und im Hochschulwesen, in der Kirche, durch Filme, durch das Fernsehen und in der Politik an der Aufklärung dessen beteiligt, was im Dritten Reich mit Sinti, Roma, Jenischen, Juden und allen anderen Opfern des nationalsozialistischen Systems geschah und worüber zunächst noch nicht gesprochen wurde. Sie brach also, als eine der Ersten, das Schweigen öffentlich. Jedoch nicht, um anzuklagen, sondern, um auf die jungen Generationen zuzugehen, *denn Ihr seid die Zukunft!*, und damit eine Wiederholung des Unmenschlichen nie wieder geschehe. *Damit aus den jungen Menschen keine Nazis mehr werden.* Dabei stritt sie Seite an Seite mit berühmten Freunden und Bekannten: Heinrich Böll, Elie Wiesel, Peter Ustinov, Günter Grass, dem Dalai Lama …
Philomena Franz erhielt für ihr ethisches Engagement das Bundesverdienstkreuz am Bande, den Verdienstorden des Landes Nordrhein-Westfalen und wurde im Jahr 2001 zur

„Frau Europas" gewählt, wodurch sie über lange Jahre in der Europäischen Frauenbewegung sowie in der Europäischen Bewegung Deutschland beteiligt war.

Jedoch findet man in ihr heute, da sie vierundneunzig Jahre alt ist, vor allem die Dichterin und die Künstlerin. Philomena ist die erste und einzige Sintizza-Schriftstellerin. Sie hat es geschafft, andere – nicht-Sinti – an ihrer Lebenskunst teilhaben zu lassen, indem sie Worte ihres alltäglichen Lebens dem Buch übergibt, das vermitteln kann. Gerade Poesie bedeutet für sie vor allem eine Art zu leben, die weitergegeben werden kann und soll: Eine Lebenskunst, eine der Natur verbundene Weltanschauung, die noch die Möglichkeit in sich trägt, in den folgenden Generationen die Welt zu retten: Sei es die Diversität alles Lebendigen, seien es verschiedene und einzigartige Kulturen, *kleine Völker*, sei es die Natur.

Dem Unmöglichen
Das vorliegende Buch steht in Kontinuität zu Philomena Franz' vorhergehenden Werken:

Den *Zigeunermärchen*,[6] ihrer Autobiographie *Zwischen Liebe und Hass. Ein Zigeunerleben*,[7] schließlich zu ihrem Gedichtband *Tragen wir einen Blütenzweig im Herzen, so wird sich immer wieder ein Singvogel darauf niederlassen*.[8] Patricia Ferté vom Pétra-Verlag in Paris charakterisiert Franz' Stil als „deutsche Romantik" oder „Neo-Romantik".[9] Es sei hinzugefügt, dass sich *Stichworte* ebenfalls in die Linie der französischen modernen Lyrik eingliedert, wie Philomena Franz es selbstbewusst vertritt – was nicht verwundern darf, waren doch

---

[6] Erstveröffentlichung: Philomena Franz, *Zigeunermärchen*, Bonn: Europa-Verlag, 1982. Weitere Veröffentlichungen in BOD (=Books on Demand).
[7] Erstveröffentlichung: Philomena Franz, *Zwischen Liebe und Hass. Ein Zigeunerleben*, Freiburg im Breisgau: Herder Verlag, 1985. Weitere Veröffentlichungen in BOD.
[8] Philomena Franz, *Tragen wir einen Blütenzweig im Herzen, so wird sich immer wieder ein Singvogel darauf niederlassen*. Norderstedt: Books on Demand, 2012.
[9] Die Übersetzungen ins Französische und die Herausgabe der Autobiographie *Zwischen Liebe und Hass*, der Gedichte und der *Stichworte* bei den Éditions Pétra in Paris als Gesamtausgabe befindet sich derzeit in Vorbereitung.

Philomenas Vater Jean (Johann) und ihr Großvater Franzosen; trat sie doch selbst schon als Kind im Lido in Paris auf und hörte Django Rheinhardt auf den Stufen vor *Sacré Cœur* Gitarre spielen, sprach, neben Deutsch und Romanes, auch Französisch.

Der Titel *Stichworte* weist auf den formalen Aufbau des Texts hin, der sich aus besonderen starken Bildern aus dem Leben der Philomena Franz speist: Sie lässt einzelne dieser Bilder aus ihrer Erinnerung vor Augen steigen. Einzigartig verfügt sie über das Talent des *ante oculus ponere*, das der antike Poetiker Pseudo-Longinus als notwendig für den vehementen Stil des Erhabenen voraussetzt.[10] Dieser benötigt kein Feilen am Ausdruck, sondern überzeugt durch seine Bildhaftigkeit und Themen. Er ist ein natürlicher Stil. Die durch starke Imaginationskraft vergegenwärtigten Bilder werden vor den Augen Philomena Franz' lebendig und diese Gegenwart unmittelbar schauend, spricht sie ihre Worte

---

[10] Pseudo-Longinus, *Vom Erhabenen / Peri hypsous*, hg. v. Reinhard Brandt, Darmstadt: Wissenschaftliche Buchgesellschaft, 1966.

(*paroles*). Ihre Bilder sind somit offene Bilder,[11] die auf die Welt, auf das Gefühl, auf die Seele hin öffnen. Sie entstammen der Präsenz (*présence*, nach Yves Bonnefoy),[12] einer Zeit außerhalb der kalendarischen Zeit. Ihre hervorgebrachte Poesie speist sich demgemäß aus ihrer visionären Kraft und bindet sich folglich in die Tradition der Lyrik ein, die von der Antike ausgeht und über die Renaissance, die Klassik, im 19. Jahrhundert mit Rimbaud die moderne Dichtung erreicht. Auf ihre eigene Weise ist sie eine zeitgenössische Dichterin-Seherin des 20./21. Jahrhunderts. Philomena Franz' dichterisches Universum bezieht ihre Kohärenz dadurch, dass ihre poetischen Bilder dem Verhältnis zur Natur entstammen. So ist sie auch als Geopoetikerin zu bezeichnen – von Hause aus.[13] Darüber

---

[11] Georges Didi-Hubermann, *L'image ouverte: motifs de l'incarnation dans les arts visuels*, Paris: Gallimard, 2007.

[12] Yves Bonnefoy, *La Présence et l'image: leçon inaugurale de la chaire d'études comparées de la fonction poétique au Collège de France*, Paris: Mercure de France, 1983.

[13] Zum Begriff der Geopoetik siehe Kenneth White, *Le Plateau de l'Albatros. Introduction à la géopoétique*, Paris: Grasset, 1994.

hinaus ist sie leidenschaftliche Romantikerin, möchte *die Romantik retten*.

Die einzelnen Kapitel zu den „Stichworten" – Worte, die stechen, betreffen – sind chronologisch angeordnet und bilden einen Triptychon aus. Der erste Teil „Die wundersame Natur und ihre kleinen Völker" evoziert die in Familie, Gesellschaft und Landschaft eingebettete Kindheit Philomenas, dem *Geislein*, der *Hexe* des Großvaters, der für sie *tausend Namen* erfand, sie in Poesie und Natur unterrichtete. Der zweite Teil „Für die verlorenen Seelen" leitet eine zugleich persönliche und historische Unterbrechung ein, die ihr Schicksal an die Geschichte knüpft: Die Machtergreifung durch Hitler und die Nationalsozialisten im Jahr 1933 ist ein Eingriff in Philomenas Leben, der zu ihrer Deportation nach Auschwitz-Birkenau führt. Philomena Franz spart die Schilderungen der Lager größtenteils aus – viel Raum tut sich auf um die nur schwer preisgegebenen Worte, die noch immer die Spitze eines schmerzhaften Eisberges sind, der nie verstanden sein wird. So evoziert sie vor allem ihren tiefen Glauben und ihren unauslöschlichen Lebensmut; beide verlor sie nicht in Auschwitz. Das Sprechen über den Hass fällt ihr schwer. Sie zieht es vor, *in die Natur zu gehen*, das tut ihr gut. In und für die Natur tätig zu werden: Dieses Buch, das auch kurze, weise Aphorismen enthält, widmet sich *Variationen von Glück*, der Schönheit der Natur, der Liebe und der Freundschaft. Es drückt Gnade und Versöhnung aus und begreift alles Lebendige als Gottes wunderbare Schöpfung. In dieser betrachtet Philomena Franz mit Vorliebe *die wundersamen kleinen Völker*, die sie, wie Böll ihr verriet, besonders gut zu betrachten wusste und die der Aufmerksamkeit der Erwachsenen nur allzu oft entschwinden. In ihrer menschlichen Größe widmet sie sich dem Kleinsten und Allerkleinsten, der Vielfalt des Lebendigen. So werden ihre Gedichte im dritten Flügel des literarischen Triptychons – zumeist handelt es sich um Prosagedichte und lyrische Prosa – Lauden der Schöpfung und Appell zur unbedingten Bewahrung dieser. Aus Philomena Franz' Worten spricht eine ihrer Sinti-Kultur entstammende ökologische Grundhaltung. Diese drückt sich nicht zuletzt durch eine Reihe von Korrespondenzen zu anderen maßgeblichen Poetiken und dichterischen Praktiken aus.

Sollte man nicht, wenn man den „Frühling" liest, *die kleinen grünen Blättchen*, die *unsere Kraft* sind, an Ivan aus Dostojewskis *Die Brüder Karamasov. Der Großinquisitor* denken, den verzweifelten Sinnsucher, und an seinen frommen Bruder Aljoscha, der seinem Bruder sagt, wofür es sich lohnt zu leben: Für *die harzigen grünen Blättchen*?

Oder beim Lesen der Weisheit: *Und auch das kleinste Tierchen, das der Mensch vergessen hat, hat seine Aufgabe*, an das Gespräch Gelsominas mit Matto über Steine und Sterne in Federico Fellinis *La Strada*?

Und wie nicht den Biss in den feuerroten Apfel, bei Philomena Franz, als eine *Rückkehr ins Paradies* verstehen?

Bei der refrainartigen Wiederholung von *Ich habe doch diesen Traum* an denjenigen Martin Luther Kings von der Gleichheit aller Menschen und Frieden unter den Menschenkindern?

Und sollte man nicht, wenn man den Reisenden (*voyageur*) Arthur Rimbaud den „Mann mit Schuhsolen aus Wind" (*l'homme aux semelles de vent*) nennt, Philomena „die Frau mit den Fußsohlen aus Wind" nennen? Sie, die *barfüßige Gräfin*, die wie Jean-Pierre Siméons Orpheus am liebsten, und die Kindheit über, barfuß läuft *und alle Wissenschaft, aller Gesang, kam ih[r] durch die Füße. Orpheus, barfüßiger König.*[14]

Oder sollte man nicht Philomena Franz' Eröffnungstext „Mein wirkliches Wesen" mit André Bretons Abschluss seines lyrischen Essays über den *hasard objectif* (objektiven Zufall), *L'amour fou* (*Die wahnsinnige Liebe*),[15] mit dem Gedicht „Sonnenblume" (*tournesol*), in Beziehung setzen? Dieser gibt mit auf den Weg: „Ich wünsche Ihnen, wahnsinnig geliebt zu werden" (*Je vous souhaite d'être follement aimée*). Und Philomena: *Ich wünsche dir, dass du durch die Kornfelder gehst und einen wunderschönen Strauß pflückst, der nach Korn duftet.*

Eine weitere Verwandtschaft lässt sich zwischen den Surrealisten, die Philomena

---

[14] Jean-Pierre Siméon, *La mort n'est que la mort si l'amour lui survit. Histoire d'Orphée*, Besançon: Les Solitaires intempestifs, 2011.

[15] André Breton, *L'amour fou*, Paris: Gallimard, [1937] 2010.

Franz' Zeitgenossen waren, und ihrer Schreibpraxis erkennen. Die Surrealisten, als Erste André Breton und Philippe Soupault für *Die magnetischen Felder* (*Les champs magnétiques*)[16] zum Kriegsende 1918/19, praktizierten die Ko-Kreation, das heißt, das Dichten zu zweit oder gar zu mehreren, in Gruppen. Diese Schreibweise bauten 1964/65 für *Aisha*[17] die beiden jungen neo-surrealistischen Dichter André Velter und Serge Sautreau in Paris zu einem dialogischen Schreiben aus, das mündlich proferierte Worte blitzschnell packt und schriftlich festhält. Diese Schreibweise hat mündlichen Charakter und mündet in die sogenannte *nouvelle oralité poétique* (N.O.P., „Neue Mündlichkeit"). Nun ist die Mündlichkeit ein für Sinti, kulturell durch Erzähltradition geprägt, charakteristisches Phänomen, das, laut Julia Blandfort,[18] in das

---

[16] André Breton / Philippe Soupault, *Les champs magnétiques*, Paris: Gallimard, [1920] 1971.
[17] André Velter / Serge Sautreau, *Aisha*, Paris: Gallimard, 1965.
[18] Julia Blandfort, *Die Literatur der Roma Frankreichs*, Berlin / München / Boston: Walter de Gruyter, 2015, S. 76-100.

Konzept der *Oraliture* mündet, zumindest bei den Sinti, Manouche und Roma-SchriftstellerInnen in Frankreich. Bei Philomena Franz überschneiden sich der kulturelle Hintergrund der Sinti und ihre poetische Kultur, so dass sie in beide Räume Eingang findet, beziehungsweise beide Kulturen weiterführt. Innerhalb des *magnetischen Feldes* unseres Dialogs entstanden ihre Worte und Bilder, die ich sogleich niederschrieb. Die Inspiration war spontan und direkt. Der dialogische Charakter bleibt also gewahrt, das Du ist ein Du der Nähe, das sich ausweitet in ein „dichterisches du" und jeden singulären Hörer und Leser einzeln anspricht. Die Situationen lyrischen Sprechens, die zum Festhalten der Wörter führten, fanden sich scheinbar zufällig und entstammen dem Alltag, der sich – wie eingangs erwähnt – durch eine Lebenskunst auszeichnet und daher von seiner Alltäglichkeit verliert: Telefongespräche, Spaziergänge, Tischgespräche, Gespräche nachmittags oder abends auf dem Sofa, bei einer Tasse schwarzem Tee. Aber auch in sehnsuchtsvollen Momenten griff

Philomena selbst zum Stift und notierte ihre Gedanken.

Auch hier eine Parallele zum Surrealismus: Die vollständige Aufhebung der Trennung von Leben und Poesie. Eine *gelebte Poesie*, selbstverständlich, *natürlich!*, die der geschriebenen vorausgeht und sie mitunter übersteigt. So entstanden, mit Freude geschaffen, innerhalb weniger Monate, Philomenas *Stichworte* als Bruchstücke von Glück in ihrem Leben und als Proviant für einen, für *den* weiteren Weg ... Philomena Franz gibt vor allem eines mit auf diesen Weg: Den Glauben an das *Unmögliche*.[19] Denn es

---

[19] Auch hier wird die Korrespondenz zu den französischen Poetiken der Präsenz in Folge von Yves Bonnefoy spürbar (Ebd., *L'improbable (suivi de) Un rêve fait à Mantoue*, Paris: Mercure de France, [1980] 1992); Jean-Pierre Siméon, „À l'impossible on est tenu", *Ici*, Le Chambon-sur-Lignon: Cheyne, 2009, S. 41: „mais je continuerai à croire / à tout ce que j'ai aimé / à chérir l'impossible / buvant à la coupe du poème / une lumière sans preuves" („ich aber werde fortfahren zu glauben / an alles, was ich liebte / das Unmögliche zärtlich zu lieben / und am Kelch der Poesie / ein Licht ohne Beweise zu trinken").

kann sich in Wirklichkeit ereignen: *Das Unmögliche zeigte sie mir und es wurde wahr!*

INHALTSVERZEICHNIS

I DIE WUNDERSAME NATUR UND
IHRE KLEINEN VÖLKER 9

MEIN WIRKLICHES WESEN 11
BEGINN 13
DER ONKEL 16
LANDSCHAFT 19
DIE BARFÜßIGE GRÄFIN 21
LEHRGANG 24
CELLO AUF DER WIESE 30
VEILCHEN 31
DIE WUNDERSAME NATUR 32
VÖLKER IM VERBORGENEN 34
DIESE ZEIT IST
UNWIEDERBRINGLICH 37
BARFUß 40
FORELLEN 42
SCHNECKEN 47

II FÜR DIE VERLORENEN SEELEN 49

GETSELA 51
LADUNG VON DER GESTAPO 59
FRAGE 63
GLAUBE 64
ES BRAUCHT MUT 70
AM STACHUS 72
DER BRUDER 76

III SEELENMANNA 79

ANTWORT 81
SENSIBILITÄT 83
IM WALD DIESER GROßE BAUM 85
BÖLL 86
FLUSS 87
AURA 88
ICH HABE DOCH DIESEN TRAUM 90
VARIATIONEN VON GLÜCK 93
EINEN BAUM DARF MAN NICHT
TÖTEN 96
WIESE 98
FRÜHLING 101
BESITZ 102
ÜBER DIE LIEBE 103
WORTE 105
POESIE 106
PFINGSTROSEN 101
AUSCHWITZ 113
DEM LICHT 114
DER WALD KEHRT ZURÜCK 115

PARALIPOMENON:
PHILOMENAS *STICHWORTE* 117

VERÖFFENTLICHUNGEN VON PHILOMENA FRANZ

Zigeunermärchen, Bonn: Europa-Verlag, 1982.
Zwischen Liebe und Hass. Ein Zigeunerleben, Freiburg im Breisgau: Herder Verlag, 1985.
Tragen wir einen Blütenzweig im Herzen, wird sich immer wieder ein Singvogel darauf niederlassen, Norderstedt: Books on Demand, 2012.
Stichworte. Norderstedt: Books on Demand, 2016.

Philomena Franz' Bücher wurden ins Französische und ins Japanische übersetzt.

WEITERFÜHRENDE LITERATUR

ALBUS Michael, *Philomena Franz. Die Liebe hat den Tod besiegt*, Düsseldorf: Patmos Verlag, 1988.
BAUER Sidonia: „Poetik der Philomena Franz. Ein *Cante jondo*?", In: Ebd. (Hg.), *Unterwegs. Aufsätze zu Wandernden, Fremden und Außenseitern in französisch- italienisch-, spanisch- und*

deutschsprachigen Literaturen, Herne: Gabriele Schäfer Verlag, 2016.

BEYER Susanne: „Philomena Franz". In: Ebd. / DOERRY Martin (Hg.), *„Mich hat Auschwitz nie verlassen". Überlebende des Konzentrationslagers berichten*, München: Deutsche Verlags-Anstalt / Spiegel-Verlag, 2015, S. 86-99.

FELDMANN Christian: „Hass besiegt den Tod nicht: Philomena Franz". In: Ebd., *Träume werden wahr. Menschen im Gegenwind unserer Zeit*, Herder: Freiburg im Breisgau, 1995, S. 319-335.

TONINATO Paola, *Romani Writing: Literacy, Literature and Identity Politics*, London: Routledge, 2010.

ZWICKER Marianne C.: „,Orte erschaffen': The Claiming of Space in Writing by Philomena Franz'". In: *Journey into Memory: Romani Identity and the Holocaust in Autobiographical Writing by German and Austrian Romanies*, Edinburgh: University of Edinburgh, 2009, S. 28-61.

PHILOMENA FRANZ

Sintizza, Auschwitzüberlebende, Dichterin, Autorin, Zeitzeugin, Referentin. Zahlreiche Auszeichnungen, darunter das Bundesverdienstkreuz am Bande 1995, der *Prix Femmes d'Europe* 2001 der Europäischen Bewegung Deutschland und der Verdienstorden des Landes Nordrhein-Westfalen 2013.

Veröffentlichungen: *Zigeunermärchen*, Bonn: Europa-Verlag, 1982; *Zwischen Liebe und Hass. Ein Zigeunerleben. Autobiographie*, Freiburg im Breisgau: Herder Verlag, 1985; *Tragen wir einen Blütenzweig im Herzen, wird sich immer wieder ein Singvogel darauf niederlassen. Gedichte*. Norderstedt: Books on Demand, 2012; *Stichworte*, Norderstedt: Books on Demand, 2016.

DR. SIDONIA BAUER

Seit 2014 Wissenschaftliche Mitarbeiterin für französische und italienische Literaturwissenschaften an der Universität zu Köln. Promotion als *Cotutelle de thèse* ebendort und an der Sorbonne Nouvelle – Paris 3 über *Die gelebte Poesie André Velters*. Veröffentlichungen: *La poésie vécue d'André Velter*, Berlin: Frank & Timme, 2015; *Einführung in die französische Gegenwartspoesie. Strukturiert anhand des Programms der Mondopoethik*, Berlin: Frank & Timme, 2016; (Hg.), *Unterwegs. Aufsätze zu Wandernden, Fremden und Außenseitern in französisch- italienisch-, spanisch- und deutschsprachigen Literaturen*, Herne: Gabriele Schäfer Verlag, 2016.